Anja Jantschik

Mord zwischen den Zeilen

Einhorn Verlag

Impressum

Herausgeber
Einhorn-Verlag+Druck GmbH
Sebaldplatz 1
D-73525 Schwäbisch Gmünd

Konzept und Organisation
Michele Gurgoglione, Einhorn-Verlag

Gesamtherstellung
Einhorn-Verlag+Druck GmbH

Druck
Gaiser Print Media GmbH

Titelbild
Siegfried Schenk, Viscom

ISBN 3-936373-26-4

1. Auflage Mai 2006
Printed in Germany

Das Chaos in Person

Idyllisch, ländlich, mitten in der Natur und mit einem atemberaubenden Blick auf die drei Kaiserberge Rechberg, Hohenstaufen und Stuifen – sofern es nicht neblig ist – liegt Heckenbach. Ein 2000-Seelen-Dorf, in dem die Welt noch in Ordnung ist. Aber nur scheinbar. Denn in einem der hübschen kleinen Häuschen in der Dorfmitte, nahe der Kirche, herrschte an diesem Tag ein Durcheinander. Dort drin war nichts von einer Welt zu spüren die in Ordnung ist. Nein, hier bot sich ein völlig anderes Bild.

Sich wild die Haare raufend, lief Ira durchs Zimmer und sprach hörbar ärgerlich mit sich selbst: »Warum sehen alle beschriebenen DIN A5 Blöcke gleich aus?« Sie hatte sich durch den Stapel durchgewühlt, doch was sie suchte fand sie nicht. Kein Wunder, wenn man das Durcheinander auf ihrem Schreibtisch betrachtete. Presseunterlagen stapelten sich – von der Gemeinderats-Tagesordnung bis hin zu Bilanzen irgendwelcher Unternehmen. Dazwischen rasch hingekritzelte Adressen und Telefonnummern.

»Bis heute Mittag muss ich das Interview mit dem Vorsitzenden des Handels- und Gewerbevereins abgeben«, beschlich sie eine kleine Panikattacke.

Nein, heute war wohl nicht ihr Tag. Bereits am frühen Morgen war der Reißverschluss ihrer Lieblingsjeans gekracht, und auf ihrem Kinn grüßte ein Riesenpickel die große weite Welt. »Gibt es ein Leben vor dem Tod«, fragte sich Ira und ließ ihren Blick über ihren Schreibtisch und schließlich zum Fenster hinausschweifen.

Dieses gab den Blick frei auf eine alte Eiche. Jener schien das Durcheinander völlig egal zu sein. Gleichgültig breitete sie ihre starken Äste aus und strotzte sichtlich vor Ruhe und Kraft. Ira warf dem Baum einen zornigen und neidischen Blick zu. »Glotz mich nicht so an«, maulte sie die Eiche vor dem Fenster an.
»Vielleicht hat Fritz Hagen doch recht, und ich bin tatsächlich eine Chaotin«, schoss es ihr durch den Kopf.
Am Vorabend war sie ins Büro des Chefredakteurs zitiert worden, und der war mächtig sauer. Und zwar nicht nur darüber, dass er mit seinen 63 Jahren nicht schon lange Rente und Golfspiel genießen konnte. Und auch nicht deshalb, weil ihn Redakteur Diethardt Ströbele dank seiner beeindruckenden Kriechtour durchs Chefzimmer wieder einmal dazu gebracht hatte, ihm diese Woche doch noch einen freien Tag zu genehmigen. Obwohl das Terminbuch überquoll von Terminen wie Gemeinderatssitzungen und Pressegesprächen. Der arme Chef musste sich auch noch beim Verlegergespräch anhören, dass die Abozahlen nicht befriedigend seien. Kurzum, er hatte einen äußerst unerfreulichen Tag hinter sich – und Ira mit ihrer lasterhaft guten Laune kichernd die Redaktion betreten hören. Also der richtige Zeitpunkt für ihn, die Dame mit der tollen Laune wieder etwas mehr auf den Boden der harten Arbeitswelt zu bekommen. Was bei ihm immer einen Generalanpfiff zur Folge hatte.
»Ira, auf ein Wort«, hatte er betont autoritär die junge Journalistin in sein Büro gerufen. Mit angelegten Ohren war ihm Ira gegenüber gestanden und hatte seinen Worten gelauscht. Als freie Mitarbeiterin der Zeitung oblag es ihr, schlicht nichts zu sagen zu haben. Dafür

teilte sie das Los mit allen anderen freien Mitarbeitern der Zeitungen auf dieser Welt, alle möglichen Abend- und Wochenendtermine zu erledigen. Sprich, ihre Arbeitszeit fing da an, wo ein Redakteur in den Feierabend ging. Ira hatte sich jedoch diesen Status freiwillig ausgesucht. Denn dadurch hatte sie nichts mit irgendwelchen Seitengestaltungen zu tun. Musste auch keinen alltäglichen Kampf um die teure Farbseite mit den Kollegen ausfechten und konnte somit ihre Krallen in eingefahrener Position belassen. Ira musste lediglich diverse Zeilen und Spalten mit ihren Berichten füllen – je nach Vorgabe. Was sie auch zuverlässig tat. Allerdings war auch sie nicht vor Fehlern gefeit, was sich an diesem Tag leider sehr deutlich gezeigt hatte.

Denn Fritz Hagen setzte sie in einer Lautstärke, die auch noch einen trötenden Dampfzug ins Abseits gedrückt hätte, davon in Kenntnis, dass sie in ihrem Artikel, der an diesem Tag erschienen war, die falsche Mitgliederzahl eines Kleintierzuchtvereins geschrieben hatte. Und um diesem noch eins draufzusetzen, war auch noch der Vorname des Vorsitzenden falsch geschrieben. Nennt er sich doch Christoph mit »ph« und nicht, wie sie geschrieben hatte, mit »f«. Dieser war mit gefletschten Zähnen in die Redaktion geschossen und hatte die Kündigung seines Zeitungsabos angedroht, wenn man nicht eine Berichtigung bringen würde.

»Du musst einfach besser aufpassen was Du schreibst«, hatte Fritz Hagen ärgerlich von Ira gefordert.

Kleinlaut erinnerte sie ihn, dass sie an diesem Tag fünf Termine hatte – und alle aktuell in der Zeitung des nächsten Tages standen.

»Ich hab' nicht aufgepasst, Entschuldigung. Aber es ist einfach zu viel gewesen«, versuchte es Ira mit einer zwar wahren, aber dennoch vergeblichen Erklärung.
»Das ist kein Argument, Du bist ein Profi«, schnauzte Hagen weiter, allerdings mit der Dezibelzahl hörbar herunterfahrend.
»Dann geh' ich jetzt, sammle alle Zeitungen ein und schreib es noch mal«, erinnerte Ira ihn, dass sie nun eh' nichts mehr ändern konnte.
»Du hast einfach eine chaotische Ader. Versuch die in den Griff zu bekommen«, konterte der Chef - und konnte sich ein leichtes Grinsen nicht verkneifen.
Trotz Grinsen des Gegenübers hatte Ira eingesehen, dass Fritz Hagen an diesem Tag wieder ungenießbar war. Sie trat den Rückzug an. Wenn er diese Stimmung hatte, war ohnehin nichts bei ihm auszumachen. Seit auch seine zweite Frauen kurzerhand beschlossen hatte, das Weite zu suchen, nicht ohne vorher noch kurz die Münzsammlung mitgehen zu lassen, war der Chefredakteur schnell gereizt. Und Ira kannte ihn gut genug, dass sie wusste, dass ohnehin bald bei ihr zu Hause das Telefon klingelte und er sie noch schnell auf einen Extratermin senden würde. Wohl wissend, dass sie bereits drei Termine am Tag hatte. Und es war auch völlig klar, dass Ira sich wieder von ihm herumkriegen lassen würde. Hatte sie doch insgeheim ein Herz für ihn und seine unwirsche Art.
Gut, sie machte Fehler. Aber manchmal schwirrte so viel in ihrem Kopf umher, dass sie eben schon mal einen Block verlegte oder ähnliches.
Nun war es also wieder mal so weit. Der Chef hatte den längst überfälligen und quälenden Dampf abgelassen.

Ihm ging es besser, Ira war nach Hause gefahren und fühlte sich saumäßig schlecht. Er hatte ihr wieder einmal den Spiegel vorgehalten.
»Warum tu' ich mir das eigentlich an«, fragte sie sich.
»Damit Du nicht verhungerst«, antwortete sie sich gleichzeitig selbst.
Wieder daheim angekommen, wollte sie noch den Bericht über den Handels- und Gewerbeverein schreiben, fand aber den Block nicht. Und die Eiche vor dem Fenster in ihrem Garten schien auch keine Lust zu haben, ihr bei der Suche zu helfen. Niedergeschlagen ging Ira auf die Toilette. Da entdeckte sie plötzlich den langgesuchten Block auf der Ablage beim Haarspray.
»Na also, hab' ich Dich«, triumphierte sie.
»Es gibt eben doch ein Leben vor dem Tod.«
Schnell setzte sie sich an den Computer und begann das Interview zu schreiben. Gerade als sie es zum zweiten Mal durchlas, und den Text nach Fehler bei Mitgliederzahlen oder auch überaus wichtigen Vornamen durchforstete, rappelte das Telefon.
Ira beäugte es und war sich sicher, dass es Fritz Hagen, oder auch die Redaktionssekretärin Vera war. Egal wer, beide hätten wohl das selbe Ansinnen. Nämlich ihr einen Last-Minute-Termin aufs Auge zu drücken. Ira hob ab, meldete sich, und dachte augenblicklich darüber nach, künftig mal als Hellseherin ihre Brötchen zu verdienen. Denn es war tatsächlich Fritz Hagen…
»Pack deine Kamera und fahr zum Schützenhaus in deinem Ort«, forderte er leicht atemlos.
»Was ist denn passiert, hat der Schützenkönig etwa statt auf die Scheibe auf einen Kameraden gezielt«, erkundigte sich Ira.

»Nein, aber ein Mann wurde im Gebüsch gefunden, und der ist ziemlich tot«, antwortete Hagen. »Also, schwing dich von deinem Computer weg und sieh zu, dass du zu diesem Schützenhaus in deinem Kaff kommst. Ruf an, wenn du näheres weißt.«
»Okay, bin schon weg«.
Ira legte den Hörer auf und ihr Blick fiel auf die altmodische Wanduhr. Die zeigte gerade halb eins. »Kann nicht sein«, blickte Ira auf die Uhr am PC-Monitor. Die zeigte halb sechs. »Na, das schon eher.«
Das Anziehen ging nebenher, schnell packte Ira noch den Ersatz-Akku für die Digitalkamera ein, und im Vorbeigehen griff sie sich noch eine Flasche Multi-Saft sowie die Autoschlüssel. Sie schwang sich in ihren Chevy Pick-Up und brauste in die heranschleichende Abenddämmerung.
Iras Blick fiel in den Rückspiegel, der wie immer auf ihr Gesicht, und nicht auf den Hintermann eingestellt war. Nicht, dass Ira eingebildet wäre, doch nutzte sie eben diesen Spiegel auch zum Auftragen ihrer Kosmetika. Die Straße zum Schützenhaus hinabrumpelnd, griff Ira nach dem Lippenstift in der Ablage. Flugs zierte dieser ihre Lippen. Um deren Konturen sich kleine Falten ihren Weg bahnten. »Schade, auch ich werde nicht jünger. Aber die Farbe vom Lippenstift ist eigentlich klasse«, war Ira zufrieden über ihr Aussehen.
Das Schützenhaus, keinen Kilometer entfernt, lag in unmittelbarer Nachbarschaft eines kleinen Sees. Langsam aber sicher kroch daher Bodennebel über die Straße. Die Dämmerung verwischte die Konturen der Bäume und Sträucher. Gespenstisches Blaulicht blinkte ihr entgegen, als sie den Feldweg in Richtung Schüt-

zenhaus hinabrollte. Unten angekommen lenkte Ira den Pick-Up an den Wegrand, ignorierte dabei, dass der vorangegangene Regen den Boden hübsch aufgeweicht hatte.

Schon beim Aussteigen aus ihrem auffälligen Vehikel wurde die junge Journalistin von einem Polizisten gestoppt. Sichtlich nicht begeistert von ihrer Anwesenheit und mit einem verächtlichen Seitenblick auf ihren Fotoapparat, stellte er sich Ira in den Weg. Er gab erst Ruhe, als sie ihm dezent mit ihrem Presseausweis vor der Nase herumwedelte. Zähneknirschend ließ er sie gewähren. Mit der Hälfte des aufgeweichten Waldbodens am Hosenbein marschierte Ira in Richtung Schützenhaus, einer provisorisch errichteten Absperrung entgegen. Unter ihren Schnürschuhen sammelte sich der lehmige Boden. Ira hatte das Gefühl, bei jedem Schritt um einen Zentimeter zu wachsen.

Beim Aussteigen aus dem Wagen hatte sie nicht auf den Untergrund geachtet – und so zielsicher Bekanntschaft mit einer unfreundlich tiefen Dreckpfütze gemacht.

»Ich werde mich später über den Dreck ärgern«, beschloss Ira. Sie bückte sich unter der Absperrung durch und bog um die Ecke. Und stand zum ersten Mal in ihrem Leben vor einer Leiche.

Normalerweise verdiente sie sich ihren Lebensunterhalt mit Reportagen über Kaktusfreunde, Berichterstattung zu Gemeinderatssitzungen oder Storys über Spendenaktionen. Auch mancher Artikel über goldene und diamantene Hochzeiten ging auf ihr Konto. Künstler freuten sich ebenso, wenn sie ihre Vernissagen besuchte. Gerne eroberte sie auch Chefetagen, um Portraitbilder der Vorstandsvorsitzenden zu machen.

Schlicht, es grauste Ira vor nichts, sie war eine universal einsetzbare freie Mitarbeiterin. Was ihr einen großen Beliebtheitsgrad in diversen Redaktionen eingebracht hatte. Sie konnte sich, wenn es sein musste, auch den Gegebenheiten mit der richtigen Kleiderwahl anpassen.

Diese Tatsache hatte ihr auch das Wohlwollen des Chefredakteurs Fritz Hagen eingebracht – wenn er nicht gerade einen seiner schlechten Tage hatte.

Er wollte sie eigentlich den ganzen Tag in der Redaktion sehen. Doch sie zog es vor, als freie Mitarbeiterin zu agieren. Hasste Ira doch nichts so sehr wie Büroarbeit. Die hatte sie in Stuttgart in einer Großredaktion zurückgelassen und war ins malerische Remstal gezogen, um sich ihren Lebensunterhalt als freie Journalistin zu verdienen.

.»Ich brauche frische Luft und Menschen um mich, keine Computer und Tote im Anzug«, pflegte Ira stets zu sagen. Letzteres natürlich im Scherz gemeint, doch nun sah sie sich plötzlich wirklich einem Menschen gegenüber, dem sichtlich das Lebenslicht ausgeblasen worden war.

Ira stand wie angewurzelt da, den Blick auf den Toten gerichtet. Ein Käfer lief gerade neugierig über dessen blaue Lippen und seine Brille war geradezu grotesk auf der Nase drapiert. Völlig verkrampfte, erdverkrustete Hände und durchgeweichte Kleidung samt dreckiger Schuhe zierten den Toten. Ein kläglicher Anblick. Doch das war nicht der Grund, dass Iras Herzklopfen plötzlich ins Stocken geriet: Sie kannte den Toten!

Ira ging in die Knie und beugte sich über die Leiche – soweit es die Kripo-Beamten zuließen. Nein, es bestand kein Zweifel, dieser Mann war ihr Nachbar von schräg gegenüber. Seit sie vor drei Jahren nach Heckenbach gezogen war, nervte sie dieser alte Mann. Egal, ob er sich nun über den ständig wachsenden Ölfleck auf ihrem Hof beklagte – ein ewiges Andenken an die kaputte Ölwanne des Pick-Ups. Oder aber wenn er über die Lautstärke ihrer Musik moserte. Immer und an eigentlich allem gab es von ihm was zu meckern. Eigentlich hatte sich Ira daran längst gewöhnt. Auch daran, dass er sie nicht nur einmal mitten in der Nacht durch sein Herumschleichen, pardon, spazieren gehen – wie er es immer nannte – erschreckt hatte. Kurzum, Ira konnte ihn nie leiden. Tja, und nun lag er vor ihr. Ohne zu meckern, ohne zu nörgeln und mosern. Einfach tot!

»Er wurde von hinten erschossen«, gab der Beamte auf ihren fragenden Blick Antwort. Er gehörte sichtlich bereits der Kriminalpolizei an, die die Jungs vom Streifendienst angesichts des offensichtlichen Tötungsdelikts hinzugerufen hatten. Denn er trug keine hübsche, grüne Uniform, sondern wartete in Zivil, mit ausgewaschener Jeans und einer etwas schlampig anmutenden Jacke auf. »Sieht nach Kleinkaliber aus. Aber wir sollten doch lieber die Obduktion abwarten.«

Ein Jogger habe ihn gefunden und sofort die Polizei verständigt. Sein Geldbeutel sei auch noch da, nichts geklaut, einfach nur erschossen.

»Klasse«, dachte sich Ira. »Einfach nur erschossen…«

Creolisches Hühnchen und ein Brand

Seufzend lehnte sich Ira in ihren Stuhl zurück. Die Lehne gab dabei ein ächzendes Geräusch von sich. Zufrieden betrachtete sie den Monitor des Computers. An seiner rechten Seite lugte frech ein Efeublatt hervor. Ira liebte Blumen. Das einzige, was sie an den Pflanzen, die sich in ihrer ganzen Wohnung tummelten, nicht leiden konnte war die Tatsache, dass man sie gießen musste. Gemütlich war's in ihren vier Wänden, auch wenn es sich nicht empfahl, direkt vom Boden zu essen. Kunstdrucke von Monet und Dali sowie Miro zierten die Wände, und viele Kerzen auf den Regalen und Tischen zeugten von Iras romantischer Ader. Viele Besucher gab es nicht in Iras Wohnung, aber die wenigen, die sich hier herein verirrten, blieben automatisch vor dem überdimensionalen Bücherregal stehen. Die gesammelten Werke von Agatha Christie lebten hier in guter Nachbarschaft mit Polit-Reportagen, Kochbüchern, Sachbüchern, Reiseberichten und Krimis aller Arten. Der aufmerksame Zeitzeuge merkte spätestens beim Betrachten des Regals, dass Ira jederzeit ein gutes Buch einem langweiligen Gespräch vorzog. Und, dass es schwer war, Iras literarische Neigung in eine Schublade einzuordnen.

Der Artikel war fertig, das Bild bearbeitet, also konnte sie den ganzen Krempel nun in die Redaktion mailen. Irgendwie war die junge Journalistin nicht zufrieden. Weniger, was den Bericht betraf, sondern vielmehr die Tatsache, dass es einen Toten in ihrem kleinen Örtchen gegeben hatte, brachte sie durcheinander.

Vor gut drei Jahren hatte sie die Großstadtluft in Stuttgart satt gehabt, ihre sieben Sachen gepackt und war in das alte Häuschen in Heckenbach eingezogen. Es reihte sich in einer Straße im Ortskern an zahlreiche, fast identisch aussehende Gebäude. Keine Schönheit, aber irgendwie schnuckelig, wie Ira beim ersten Betrachten mit dem Immobilienmakler bereits befand. Der große Pluspunkt war außerdem der großzügige Garten. In diesem präsentierten sich alte Obstbäume, eine faule Eiche und eine große Rasenfläche. Hinzu gesellte sich ein riesiger Hofplatz mit Einfahrt, an dem eine große Garage angebaut war. Und nicht zu vergessen der dort ebenfalls beheimatete große Schuppen, in dem sich unter anderem Fledermäuse im Giebel recht wohl zu fühlen schienen.
Die Nachbarn hatten sie damals argwöhnisch beäugt, konnten in ihrem altmodischen Denken nicht kapieren, dass eine junge Frau auch ohne Ehemann, Trauring und einem Stall voller Kinder überhaupt existieren konnte. Und wenn Ira überhaupt etwas so richtig an Heckenbach liebte, dann seine beschauliche Ruhe. Hier kannte eigentlich jeder jeden. Außer im ständig wachsenden Neubaugebiet. Dort hatten sich die sogenannten »Städter« angesiedelt. Ohne jemals ein Problem damit zu haben, dass ihr Grundstück die Größe eines Handtuchs hatte. Hinter vorgehaltener Hand sprachen die Alteingesessenen von der »Ameisensiedlung«. Und keiner der Hergezogenen schien sich daran zu stören, dass man sich nur am eigenen Küchenfenster leicht vorbeugen musste um in Erfahrung zu bringen, was es bei den Nachbarn zu Mittag gab.

Ira konnte nicht verstehen, wie man sich für teures Geld dort ein Grundstück kaufen konnte. Denn durch die Nachfrage war der »freie Blick auf die Kaiserberge« fast unerschwinglich geworden. Zumindest für die junge Journalistin. Ihre paar Kröten hatten für das kleine Häuschen, in dem sie sich nun pudelwohl fühlte, fast gereicht. Der Rest kam von der Bank.
Durch die Lage im alten Ortskern roch man zwar ab und zu, dass Landwirte hier ebenfalls ihrer Tätigkeit nachgingen, aber das machte Ira nichts. Und auch das ärgerliche, abendliche Muhen der Kühe, das den Bauern ans Melken erinnerte, fand Ira eher idyllisch. Besonders schätzte sie an den Kühen, dass sie sich nicht noch mit Unmengen von Strass-Schmuck behängten wie ihre Artgenossen auf zwei Beinen in der Landeshauptstadt.
In Stuttgart hatten sich unter ihrer überteuerten Wohnung die Autos in Reih' und Glied aufgestellt, hier in Heckenbach standen eben Kühe im Stall in einer Reihe zusammen. Dafür hatte Ira ihre Ruhe. Doch mit der war es jetzt vorbei, schließlich lief in dem Ort wohl irgendwo ein Mörder herum.
Lustlos suchte sie sich ihre schmutzige Wäsche zusammen und lief in Richtung Keller. Schnell stopfte Ira ihre Jeans zusammen mit weißen Socken in die Trommel. Füllte Pulver in die Kammer, es folgte der Weichspüler. Doch dieser weigerte sich beharrlich, in sein eigenes Kämmerchen zu fließen, sondern machte sich sehr eigensinnig und zielsicher auf den Weg zur Kammer, in der das Pulver lag. Flugs hatten sich kleine Klümpchen gebildet. Ira bemerkte von der Pulver-Flüssigkeit-Fusion nichts. Sie war völlig in Gedanken.

»Bin ja mal gespannt, wie es jetzt weitergeht«, dachte sie über den Toten nach.
Energisch schob sie die Waschmittelschublade samt Klümpchen zu, startete die Waschmaschine und stieg wieder hinauf in ihre Wohnung.
Müde wie sie war, machte Ira es sich auf ihrem Sofa bequem. Sie freute sich auf einen ruhigen Abend, griff zur Zeitung und warf einen Blick auf das Fernsehprogramm. Es lockte zum xten mal die Wiederholung von »Beverly Hills Cop« mit Eddy Murphy. Ein Film, den Ira heiß und innig liebte. Die wilde Verfolgungsjagd im Film bereits vor Augen, fing plötzlich ihr Magen an zu gurgeln. Ira fuhr sich über das Bäuchlein, und das Bild der Verfolgungsjagd wurde gegen das eines gebratenen Hühnchens ausgetauscht.
»Das ist die Idee, ich mach' uns ein creolisches Hühnchen«, sprang Ira begeistert vom Sofa. Die Müdigkeit war verflogen, der Gang in die Küche war voller Elan.
»Er hat es sich verdient«, blickte Ira zufrieden auf das Hühnchen vor sich. Zugegeben, sie war nicht gerade eine dieser herausragenden Köchinnen. Dennoch gab sie sich alle Mühe, wenn es galt, Jim eine Freude zu machen. Er liebte nun mal Hühnchen auf creolische Art über alles. Paprika, Safran, Salz, Pfeffer, ein Hauch Cardamom und noch viele anderen Gewürzsorten hatten sich auf der blassen Hühnerhaut ausgebreitet. Und nicht nur auf dieser, nein, auch Iras Finger erstrahlten in allerlei Farben.
»Nein, nicht jetzt!«
Ira warf dem klingelnden Telefon einen vernichtenden Blick zu. Warum musste es immer in den unpassendsten Momenten klingeln? Der Griff zur Küchen-

rolle verhalf dazu, den Fett- und Farbenglanz von den Gliedmaßen an der Hand zu wischen. Schließlich griff Ira zum Telefon, das sich anscheinend in den Kopf gesetzt hatte, wenn es denn sein muss, sich zu Tode zu klingeln.

»Wer stört«, brummelte Ira in die Muschel.

»Oh, Gott sei dank, Du bist zu Hause«, kam die Antwort der etwas atemlos scheinenden Sekretärin Vera.

»In der Feriensiedlung bei Monau brennt ein Häuschen, weißt Du wo das ist«, erkundigte sich Vera. »Ich kann den Fotograf vom Dienst nicht erwischen, es geht immer nur die Mail-Box ran. Bitte fahr schnell hin, bevor das Häuschen abgebrannt und die Feuerwehr wieder weg ist«, bettelte die Sekretärin. Iras Begeisterung ob des kleinen Ausflugs hielt sich in Grenzen. »Ich wollte gerade mein Hühnchen creolische Art in die Röhre schieben.« »Ab damit in den Kühlschrank, das ist nachher auch noch creolisch«, schlug Vera dienstbeflissen vor. »Okay, ich bin schon unterwegs«, legte Ira überredet auf. Die Neugier kam hoch, und die Jagd nach dem Motiv gewann die Überhand über das Hausfrauenbewusstsein. Schnell fand sich das Hühnchen im Kühlschrank wieder. »Wart auf mich«, flüsterte Ira zärtlich dem Hühnchen zu, bevor sie die Kühlschranktür schloss.

Sie hatte sich auf den freien Abend sehr gefreut, denn außer der heutigen Leiche hatte sie ein anstrengendes Wochenende hinter sich. Ein Termin hatte den anderen gejagt, vom Senioren-Förderverein über das Kirchweihfest und ein Benefizkonzert für eine Musikschule bis hin zum Tag der offenen Tür bei den Handwerkern. »Was soll ich schon zu Hause machen«, hatte Ira noch am Freitag dem Chef amüsiert entgegnet, als er sich Sorgen machte ob der Terminvielfalt. War auch alles kein Problem, bis auf die Radfahrer, die das gute Wetter nutzten. Irgendwie hatten sich diese gegen Ira verschworen. Wie auf Befehl schossen sie gerne aus irgendwelchen Feldwegen heraus, und bildeten stets direkt vor Ira eine Kolonne. Immer wieder konnte man eine fluchende Ira im Chevy erblicken, denn den Radlern war der Termindruck von Ira schnurzegal. Ebenso wie die Tatsache, dass entlang den Straßen oft wunderschöne Radwege führten, die den Freizeitsportlern aber anscheinend nicht gut genug waren. Immer wieder drückte Ira auf die Hupe, wenn die Radler wieder einmal die komplette Straßenfläche für sich beanspruchten. Und dabei noch eine lockere Unterhaltung führten, ohne zu merken, dass sie mit ihrem Rad immer weiter nach links abkamen. Überholen war also nicht drin. Hupen war da noch am sinnvollsten. Erhobene, wildgeschwungene Fäuste bekam Ira darauf hin zwar oft als Antwort, doch das wiederum war Ira schnurzegal. Diesen freien Abend hätte Ira also mehr als gut gebrauchen können. Doch jetzt saß sie in ihrem Pick-Up, anstatt in ihrer Küche den Kochlöffel zu schwingen. »Bin ja mal gespannt, wer von den Kameraden vor Ort ist«, überlegte die Journalistin. Seit langem pflegte sie gute Kontakte zu den Feuerwehrkameraden, hatte immer ein offenes Ohr für ihre Belange und ein freundschaftliches Verhältnis zu ihnen aufgebaut.

»Park am besten deine Karre drüben im Wald«, rief ihr der Feuerwehrmann entgegen. »Da drüben kommst du nicht durch, wir mussten eine Leitung vom See rauflegen. Hier gibt es nicht genügend Wasser.«

Ira tat wie ihr geheißen und lenkte den Chevy nach links an den Waldrand. Mit Fotoapparat und Block bewaffnet, betrat sie die Feriensiedlung. Hier standen akkurat in mehreren Reihen kleine Häuschen, deren dreieckige Dächer bis zum Boden gingen. Die Siedlung war von den Städtern am Wochenende bewohnt, man genoss die Natur. Allerdings prangte an jedem Dach eine Satellitenschüssel, und manches Häuschen verfügte gar über eine Klimaanlage. Also ohne Zweifel sehr, sehr naturnah.
Ira hatte so ihre Probleme mit den Städtern, kannte sie diese doch aus ihrem früheren Leben zur Genüge. Versnobt, verbohrt und absolut intolerant hatten sie sich nun auf dem Land breitgemacht. Jedes Wochenende und in den Ferien brachen sie über das verschlafene Monau herein. Sie brausten mit ihren Edelkarossen auch des nachts durch die Wohnsiedlungen zum Wald, um zu ihren kleinen Dreiecks-Domizilen zu kommen. Tempo 30 galt anscheinend nur für die Bürger aus Monau, und der Wald rund um die Feriensiedlung glich einem überdimensionalen Hundeklo. Heimische Tiere hatten sich schon lange aus dem Staub gemacht, und spielende Kinder wurden von den Städtern permanent angebrüllt. »Hauptsache der Gartenzwerg vor dem Ferienhäuschen lächelt«, ärgerte sich Ira über die bornierten Feriengäste.
Lichterloh schlugen die Flammen aus dem Dreiecksdach. Ein Mann und eine Frau wurden auf Tragen von Feuerwehrkameraden, bestückt mit schwerem Atemschutz, aus dem Haus gebracht. Ira blieb an der Seite stehen, um den Feuerwehrmännern nicht im Weg zu sein. Schließlich bekam sie grünes Licht und

trat einen Schritt hinein ins Haus. An dessen rechter Seite waren die Feuerwehrmänner damit beschäftigt die brennende Dachisolierung herunterzureißen. Ira schoss ein paar Aufnahmen und machte sich schnell aus dem Staub. Der beißende Brandgeruch hatte sich in ihrer Nase regelrecht festgekrallt, mit großen Schritten eilte Ira wieder zurück zur Haustür. Da fiel ihr Blick zum Nachbarhäuschen – und sie traute ihren eigenen Augen nicht: In Campingstühlen hatten es sich Anlieger bequem gemacht, um die Geschehnisse in aller Ruhe zu beobachten. »Also das ist ja mehr als unverschämt«, stieg in Ira Wut hoch. Schließlich kämpften direkt gegenüber die Feuerwehrmänner gegen die Flammen, während diese Spezies den Platz in der ersten Reihe sichtlich genossen. Schaulustige waren Ira immer schon das gleiche Greuel gewesen wie den Feuerwehrmänner- und frauen. Egal, ob es nun darum ging, eine verletzte Person aus einem völlig zerbeulten Auto zu bergen, oder auch mühevoll gegen das Hochwasser in Heuberg, dass sich gern zur Schneeschmelze einstellte, mit Sandsäcken anzukämpfen, Schaulustige standen stets dumm im Weg herum und kommentierten auch noch die Arbeit der Kameraden. Und spätestens wenn es in einer Gemeinderatssitzung um die Neubeschaffung eines Feuerwehrfahrzeugs ging, meldeten sich eben solche Sesselpupser zu Wort: »Braucht man wirklich so ein teures Fahrzeug. Ist das nicht eher eine Spielerei?«
»Tut mir einen Gefallen und lasst Euch viel Zeit beim Ausrücken, wenn solchen Nörglern mal das Haus abbrennt«, hatte Ira mal zu vorgerückter Stunde einem befreundeten Kommandanten vorgeschlagen. Doch

der, gewissenhaft wie er nun mal war, hatte sie aufgeklärt: »Wir helfen nicht nur allen Menschen, sondern auch allen Arschlöchern in der Not. Das ist unser Gebot. Aber wenn es bei dir mal brennt, sind wir ganz besonders schnell - versprochen«, hatte der Feuerwehrmann mit zwinkerndem Auge nachgeschoben.

»Die zwei Verletzten hatten wohl ein Schäferstündchen bei Kerzenschein - und sind eingeschlafen.« Kommandant Walter Raub aus Monau zuckte mit den Schultern. »Wir konnten zwar die angrenzenden Häuser vor dem Übergreifen der Flammen retten, aber dieses hier ist jetzt ein absoluter Fall für die Versicherung«, blickte er auf die verkohlte Brandruine. Als wolle diese ihm beipflichten, verabschiedete sich just in diesem Augenblick auch noch der letzte Balken, der bislang standhaft geblieben war, mit lautem Ächzen aus seiner Befestigung und krachte gen Boden.

»Seine Gattin ist aber brünett«, stellte eine der Damen im Campingstuhl gegenüber beflissen fest. Ira schaute sie verdutzt an. Wiederum der Blick auf die Frau auf der Trage zeigte eindeutig blonde, lange Haare. »Oh, oh«, lautete die wissende Bemerkung der anderen Campingstuhldame...

Ira lief hinüber zu den beiden Polizisten, die dabei waren die Aussagen der Zeugen aufzunehmen. Der eine drehte sich um, erblickte Ira, und brummte: »Ach, Sie schon wieder.« Es war derselbe, der auch beim Schützenhaus, als die Leiche von Herr Klein entdeckt wurde, Dienst schob. »Wir scheinen die gleiche Schicht zu haben«, entgegnete ihm die Journalistin, den rüden Tonfall des Polizisten ignorierend. Sie erkundigte sich nach der geschätzten Schadenssumme, machte noch ein paar Aufnahmen, und sich dann schließlich vom Acker.

»Tolle Bilder, danke für den prompten Service«, dankte ihr Fritz Hagen am Telefon. Es war selten, dass er Komplimente zur Arbeit machte. Er hatte wohl den morgendlichen Anpfiff bereits völlig vergessen und war, wieder guter Dinge. Ira grinste vor sich hin und verabschiedete sich mit den Worten: »Ich hab's eilig, auf mich wartet ein creolisches Hühnchen.«

Hagen legte auf und grübelte: »Die redet aber seltsam über ihren Bekannten.«

»Das creolische Hühnchen war der Hit.« Jim lobte Ira ohne Ende. Doch da es bereits kurz vor Mitternacht war entschuldigte sie sich bei ihm:

» Sei mir nicht böse, aber ich bin echt hundemüde. Ich muss endlich ins Bett.«

Jim wünschte ihr eine gute Nacht, dankte nochmals für das leckere – und vor allem unerwartete Mahl, und verließ die Wohnung. Ira kuschelte sich sofort ins Bett und landete in Sekundenschnelle im Land der Träume.

Der Morgen fing wunderbar an. Ira angelte die Jeans aus der Waschmaschine, hängte sie mit den einst weißen und jetzt zartblauen Socken auf. Bereits beim Aufstellen des Dreiflügeltrockners hatte sie sich ihre Finger gründlich eingeklemmt. Hinzu kam eine Spinnwebe, die sich ihr beim Abstieg in den Keller dekorativ vor die Augen hängte. Ira hatte Mühe, das klebrige Zeug aus ihren Haaren zu bekommen. Sie schüttelte sich angewidert, und plötzlich glotzte sie eine kleine Spinne an, die sich von Iras Pony gemächlich abseilte. »Du wolltest ja unbedingt aufs Land«, riss sich Ira zusammen und schnippte das Tierchen mit den Fingern weg.

Erst jetzt bemerkte sie, dass ihre Wäsche verfärbt war.
»Ich bin doch wirklich zu blöd«, grummelte sie in ihren nicht vorhandenen Bart.
Ihr Magen knurrte zur Antwort voller Zustimmung, gab seltsame, gurgelnde Geräusche von sich. Der Hunger meldete sich schon wieder. Kein Wunder, hatte sie doch noch nichts gefrühstückt. Sie zog sich an und ging zum »i- Punkt« von Heckenbach, der Bäckerei. Dieser war voller Leben und es gab nur ein Thema: Die Leiche beim Schützenhaus. Der Zeitungsausträger hatte die Botschaft samt Zeitungen im Bäcker abgeliefert, und nun war die Zeit für wilde Gerüchte und Spekulationen gekommen.
»Ich glaube, der alte Herr war nicht sehr beliebt«, mutmaßte die eine ältliche Dame, und schüttelte ihre Pudellocken wichtig um sich.
»Nein, der hat ja auch nie richtig gegrüßt«, konterte die andere Frau, bekannt für ihren heimlichen Alkoholkonsum. Natürlich sprach keiner darüber, schließlich war sie die Gattin von einem Oberstudienrat aus der Stadt. Die dritte Kundin im Bäcker schließlich wollte zuerst gar nichts sagen. Viel zu sehr war sie damit befasst, ihre drei Sprösslinge im Zaum zu halten. Doch letztlich brachte sie eine Vermutung hervor, die die anderen beiden verstummen ließ:
»Ich denke, der wurde erschossen weil er etwas wusste. Der hat doch überall immer rumgeschnüffelt.«
Genüsslich betrachtete die Mutter, wie die anderen vergaßen ihre Münder zu schließen. Nebenher klopfte sie einem ihrer Jungs auf die Finger, der die Tiefe seines Nasenloches soeben mit seinem Zeigefinger ausloten wollte. Jedoch nahm sie nicht wahr, wie ihr Jüngster

eifrig damit beschäftigt war, in die Überraschungseier auf der Auslage zu pieksen. Tja, so ein Schweizer Taschenmesser vom Patenonkel konnte wirklich gute Dienste leisten.
»Wir sind doch hier nicht im Wilden Westen sondern auf der Ostalb!« Die pudelbelockte Dame hatte ihre Stimme wiedergefunden.
»Ach, ich dachte mir das halt«, verwies die mittlerweile genervte Mutter auf ihre weibliche Intuition.
Ira hörte sich die Unterhaltung an und kam nicht umhin, in sich hineinzugrinsen. Das war doch wirklich toll, wie die Gerüchteküche brodelte.
Schließlich erstand sie eine Käse-Laugenstange. Neugierige Blicke bohrten sich in ihren Rücken, Ira drehte sich um.
»Wissen Sie vielleicht was da los war, Sie arbeiten doch für die Zeitung«, fasste sich da die bereits leicht alkoholisierte Dame ein Herz und wandte sich an Ira.
Doch die zuckte nur vielsagend mit der Schulter und verließ den Bäcker mit den Worten: »Ich bin blond und habe auch noch blaue Augen, was soll ich schon wissen.«
Diesen Satz hatte sich Ira schon früh angewöhnt, denn normalerweise ließen die Leute sie danach in Ruhe. Das klappte auch dieses Mal hervorragend, und Ira verließ unbehelligt den Bäcker. Sie war ohnehin nicht der Typ, der laut auftrat. Sie schwelgte lieber in Gedanken, statt sich intensiv an einem Gespräch zu beteiligen.
Doch konnten ihre oft verträumt wirkenden, blauen Augen und ihre blonden Spaghettilocken nicht darüber hinwegtäuschen, dass ihre graue Zellen Überstun-

den machten. Wer Ira kannte, wusste, dass sie nicht einmal im Schlaf aufhörte zu denken. Und ein wirklicher Kenner Iras war Jim. Nein, er war nicht ihr Liebhaber oder so etwas ähnliches. Er war mehr ein väterlicher Kumpel. Als die Amerikaner aus Deutschland, und somit auch aus Mutlangen abgezogen wurden, wollte er nicht mehr mit. Zu sehr hatte er sich in den Schwäbischen Wald und in seine spätere Frau verliebt, als dass er wieder zurück nach Detroit wollte. So bewachte er mittlerweile keine Pershings mehr auf der Mutlanger Heide, sondern verdiente sich das tägliche Brot in seiner kleinen Autowerkstatt. Insider wussten, dass er in dieser wahre Wunder vollbringen konnte. Etwa die Leute vom örtlichen Bauhof oder auch die jungen Führerscheinneulinge mit großer Klappe und kleinem Geldbeutel.

Von ihm hatte Ira ihren bulligen Chevy Pick-up erworben. Da Jims deutsche Frau bereits verstorben war, wurde Ira für ihn so etwas wie eine Schwester. Seine Gattin war einst die beste Freundin von ihr, und Ira war ihm damals auch behilflich mit den Behörden. Er wollte schließlich partout nicht mehr in die Staaten zurück. »Hier ist meine neue Heimat«, hatte er damals festgestellt – und war geblieben. Im Gegensatz zu den anderen Amerikanern, die mitsamt ihrer Pershings wieder gen Heimat gedüst waren. Und wo Jim einst seinen Dienst als Soldat auf der Mutlanger Heide verrichtete, fanden sich nun schnuckelige Einfamilienhäuser statt Fliegerbaracken und Soldatenheime.

Für Ira bedeutete das, dass sie immer einen Mann an ihrer Seite hatte, wenn sie einen brauchte. Jim kümmerte sich schlicht um alles, von dem Ira keine Ah-

nung hatte. Sei es nun die klemmende Klospülung, ein quietschendes Scharnier an der Tür, oder auch ihr Ölleckender Chevy. Ira wusste was sie an Jim hatte, und dankte ihm seine treuen Dienste mit gutem Essen und offenen Ohren sowie einem warmen Wohnzimmer. Jim hatte bei ihr, beziehungsweise über ihrer großen Garage sein kleines Reich eingerichtet. Und der Schuppen war seine Werkstatt.
Es wunderte ihn auch nicht, wenn Ira mitten in der Nacht mit Schlafanzug, viel zu großen Pantoffeln, und zwei Tassen dampfendem Kakao plötzlich in seinem Zimmer auftauchte. Er war über 20 Jahre älter als Ira, und beschützte sie auf seine Weise vor der grausamen Welt. Beispielsweise indem er ihre Haare kraulte, keine Fragen stellte, und sie liebevoll zudeckte, wenn sie schließlich auf seiner durchgesessenen Couch eingeschlafen war. Er liebte sie auf seine Art. War es doch Ira, die ihm nach dem plötzlichen Tod seiner Frau eine Stütze und Freundin war. Die ihm wieder Lebensmut und Aufgaben gegeben hatte. Das würde er ihr nie vergessen.
Ira kam zurück vom Bäcker, betrat ihre Wohnung und biss herzhaft in ihre Käse-Laugenstange. Erfreut darüber, dass heute nicht viel Arbeit auf sie wartete. Erst am Abend gab's wieder mal eine Gemeinderatssitzung. Unglücklicherweise jedoch in Heckenbach, was sie überhaupt nicht leiden konnte. Nur ungern ging sie zu Sitzungen am Ort. Schließlich kamen manche Leute immer auf den Gedanken, sie am nächsten Tag auf irgendetwas anzusprechen, was Thema in der Sitzung gewesen war. Leider war aber eine Kollegin erkrankt, somit war Ira wieder weich geworden beim bettelnden Hundeblick des Chef.

»Na ja, wird schon nicht so übel werden«, sprach sich Ira selbst Mut zu. Die Erweiterung des Gewerbegebiets und die Umsiedlung eines Betriebs im Ort standen auf dem Programm. »Könnte ganz interessant werden«. Ira beschloss, Jim in seiner Werkstatt einen Besuch abzustatten.

Im ölverschmierten Arbeitsanzug und mit einem schwarzen Fleck auf der Nase strahlte ihr dieser bereits entgegen.

»Good morning, my Darling!« grüßte er sichtlich gut gelaunt. »Hallo Jim« flötete Ira zurück.

Wie immer gab sie ihm vor dem Hinsetzen einen kecken Kuss auf die Nasenspitze. Ihre Blicke huschten kurz über das geordnete Chaos in der Werkstatt, bis sie einen ölfreien Fleck auf dem Boden entdeckte. Rasch zog sie sich eine alte Decke her, setzte sie sich im Schneidersitz drauf und sah zu Jim hoch.

»Darling, was is los?« Jim kannte diesen Blick nur zu gut, und es war ihm klar, dass er die Arbeit wohl bis nach der Mittagspause verschieben würde.

Wenn Ira am helllichten Tag auf dem dreckigen Boden Platz nahm, bedeutete dies, dass es etwas Größeres werden würde. Jim schlurfte bedächtig zu seiner Kaffeemaschine, goss den kläglichen Rest in eine Tasse und brachte diese Ira. Dankend nahm Ira einen Schluck. Hatte sie doch den ganzen Morgen noch keinen Kaffee genossen. Normalerweise war bereits ein Liter nach dem Aufstehen die Regel.

»Wie soll denn sonst der Motor anlaufen«, pflegte sie immer zu sagen.

So saß sie da mit ihren blonden Haaren auf dem ölverschmutzten Werkstattboden, und wirkte durch das he-

reinströmende Sonnenlicht zur morgendlichen Stunde ein wenig wie ein Engel, der sich verflogen hat.
»Gestern Abend hab ich meine erste Leiche gesehen«, erklärte Ira Jim – nicht ohne etwas theatralisch zu werden.
Erstaunt drehte sich Jim zu ihr zurück, die Hand immer noch nach der Kaffeemaschine ausgestreckt. »Was hast Du?« fragte er leicht aus der Fassung.
»Ich wurde gestern Abend zu einem Termin beim Schützenhaus gerufen. Es gab einen Toten. Ich sage dir, der Anblick war scheußlich.«
Ira erwiderte jetzt seinen erstaunten Blick. Schließlich erzählte sie ihm von dem Anruf ihres Bosses.
»Ach so, jetzt begreife ich, warum du gestern so schnell davon gebraust bist«, erinnerte sich Jim.
»Aber was regt dich so auf, my Darling?« Jim war besorgt, denn er sah, dass sich der starre Blick in Iras Augen auch durch seine lockere Art nicht vertreiben lassen wollte.
Ira war ihm sehr ans Herz gewachsen. Irgendwie fühlte er sich wie eine Art Beschützer für sie. Er kümmerte sich um ihre Klempnerarbeiten, versorgte ihren Chevy, und war immer ihr ruhender Pol, der geduldig zuhörte. Doch so einen Blick hatte er noch nie in ihren Augen gesehen. Keine Frage, sie war eine der stärksten Frauen, die ihm je unter gekommen waren. Doch jetzt bemerkte er, wie still und nachdenklich Ira geworden war. Ohne es zu bemerken drehte Ira ihre Haarsträhne in den Fingern zu einer kleinen Locke.
»Ich weiß eigentlich selbst nicht, warum mir der Tote so im Kopf rumschwirrt. Zumal ich ihn auch noch kein bisschen leiden konnte. Doch ich finde es einfach

furchtbar, dass er jetzt tot ist,« begann die junge Journalistin etwas kläglich.
Ira klärte Jim darüber auf, dass es sich bei der Leiche um den ungeliebten Nachbarn Klein handelte.
Ein trotziger Ausdruck vertrieb die Starrheit aus Iras Gesicht, und plötzlich fingen ihre blassen Wangen an, Farbe zu bekommen.
»Stell dir vor, da kommt einfach einer daher und knallt dich ab. In was für einer Welt leben wir hier eigentlich«, fragte Ira plötzlich sichtlich aufgebracht.
»Die Polizei hat einfach mit den Schultern gezuckt und irgendwas von einem Irren gebrabbelt«, schilderte Ira das Erlebnis, als sie die Polizei am Morgen angerufen hatte, um sich nach der weiteren Vorgehensweise zu erkundigen. Ihr Chef hatte ihr aufgetragen, dran zu bleiben. Und das hatte sie sich nicht zweimal sagen lassen. Daher war sie auch jetzt noch ziemlich sauer auf die Polizei, der der Tote irgendwie völlig schnuppe zu sein schien. Schön und gut, es hatte sich eine zehnköpfige Sonderkommission gebildet, die mit den Ermittlungen im Umfeld des Opfers begonnen hatten. Die Leiche lag mittlerweile in der Gerichtsmedizin an der Universitätsklinik in Ulm. Doch hatte ihr der Sprecher der SOKO erläutert, dass rund 90 Prozent aller Tötungsdelikte Beziehungstaten seien. Eine solche im Fall Klein jedoch auszuschließen wäre. Denn der Sohn lebe im Ausland sein eigenes, erfolgreiches Leben. Und zu viel Geld würde die Gattin des Ermordeten eh' nicht erben, einzig ein Grundstück gebe es noch in Heckenbach. Die Witwe wiederum habe, als der Mord geschah, noch im Bett gelegen – von heftigem Rheuma in den Fingern geplagt. »Die können wir als Täterin

also getrost vergessen, die kann sich am Morgen eh kaum rühren vor lauter Schmerzen. Geschweige denn eine Waffe abfeuern«, hatte der Polizist als Erläuterung nachgeschoben.

Das Einzige, was die Jungs von der Spurensuche entdeckt hatten, war ein kleiner, vom Regen aufgeweichter Zettel mit den Worten »Zug« und »abholen« gewesen. Mehr war nicht mehr lesbar gewesen auf dem völlig verdreckten Papier. »Da können wir nicht viel weiterermitteln. Die Akte wandert zum zuständigen Sachbearbeiter und die Sonderkommission wird wohl schon bald wieder aufgelöst,« hatte der Polizist schließlich das Telefonat beendet.

»Wäre es ein Industrieller, ein Bankier oder sonst irgendein High-Society-Typ gewesen, hätten sie gleich eine Hundertschaft auf Spurensuche geschickt. Aber hier geht es ja nur um einen alten Mann,« entrüstete sich Ira.

Jim zuckte mit der Achsel:

»Was willst du, er ist halt tot. Da kannst du jetzt auch nichts mehr machen.«

Doch in diesem Punkt hatte er sich getäuscht. Ira war immer schon bekannt dafür, dass sie nicht gleich locker ließ. In diesem Fall war es aber auch die eigene Nase, an die sie sich packte. Hatte sie den alten Knaben doch selbst nicht leiden könne und wurde jetzt offensichtlich deshalb vom schlechten Gewissen geplagt. Und dieser Umstand spornte sie an, weiter an den Mordermittlungen dran zu bleiben.

»Die Polizei will nicht mehr viel machen, das ist doch offensichtlich. Was bedeutet, dass die Akte natürlich nicht geschlossen wird, aber in der Schublade des

Sachbearbeiters auf bessere Tage wartet. Und die Leiche wird wahrscheinlich bald zur Beerdigung freigegeben.«
Mit diesen Worten verließ sie zornig Jims Werkstatt. Jim blickte ihr nach und bekam ein mulmiges Gefühl in der Magengrube. Er wusste, dass Ira es verdammt ernst meinte mit dem »nicht locker lassen«.
»Ohne Ärger wird das nicht abgehen«, dachte er, während er sich wieder einem alten Rostkübel, beziehungsweise dessen durchlöchertem Auspuff widmete. Sein Gefühl sollte ihn nicht trügen.

Eine echte Enttäuschung

»Die Leiche wird freigegeben. Keine Spur vom Täter. Die Sonderkommission wird aufgelöst, die Akte ist bereits bei dem zuständigen Sachbearbeiter.« Ira las sich noch einmal den Polizeibericht mit gerunzelter Stirn durch. Diese Nachricht kannte sie zwar bereits von ihrem Anruf bei der Polizei, doch jetzt hatte sie es schwarz auf weiß. Ira konnte es einfach nicht glauben. So schnell gab die Polizei also auf, wenn es sich um einen alten, einfachen Mann drehte. Fritz Hagen deutete auf einen leeren Schreibtisch und forderte Ira auf, den Bericht über den Stand der Untersuchungen zu schreiben. Doch hatte er wieder mal nicht mit ihrem Trotzkopf gerechnet.

»Ich werde das nicht schreiben, denn für mich ist dieser Mann noch nicht bei den verstaubten Akten gelandet.« Das Kinn angriffslustig nach vorn gestreckt, funkelte Ira ihren Chef herausfordernd aus stahlblauen Augen heraus an.

»Na gut, dann soll es halt ein Redakteur machen«, schnaubte Fritz Hagen.

Er war sich darüber im Klaren, dass es in einer solchen Situation besser war, nicht mit Ira zu streiten. Schließlich war sie freie Mitarbeiterin, und er konnte sie nicht zwingen, diesen Abschlussbericht zu schreiben. Das war wirklich die Arbeit eines Redakteurs.

Schnell das Thema wechselnd, erkundigte sich Hagen nach dem abendlichen Gemeinderatstermin.

»Ich schätze ich brauch einen Dreispalter«, ließ Ira mit fragendem Blick vernehmen.

»Immerhin geht es um ein neues Gewerbegebiet in meinem Kaff, das ist ja mal was«, fügte sie wie entschuldigend an. »Wer weiss schon ob nicht ein Großinvestor was dort plant.« Wie auch die übrigen Kollegen hatte sie es im alltäglichen Kampf um die Zeilenanzahl fast zur Perfektion gebracht und kämpfte mit allen Mitteln dafür.

Doch zu ihrer Überraschung war dieser flugs nachgeschobene Satz unnötig, denn der Chef nickte nur zustimmend.

»Normalerweise beginnt er mit dem Feilschen und erzählt, dass er keinen Platz hat«, wunderte sich Ira. Doch eigentlich war es auch nicht verwunderlich, war sie doch für eine Kollegin eingesprungen, und der Boss war schlicht froh, dass der Termin besetzt war.

Beim Hinausgehen rief sie noch über die Schulter, dass sie den Bericht per E-mail an die Redaktion senden würde. Fritz Hagen nahm es mit einem Kopfnicken zur Kenntnis. Erfreut über den Zeilensieg verließ Ira sein Büro und machte sich beschwingt auf Besuchstour bei den Kollegen.

Mit duftendem Kaffee bog Vera um die Ecke. Nein, sie war nicht nur einfach Sekretärin der Redaktion. Sie war eigentlich auch die Mutter aller, die Seele des Hauses, und die einzige, die bei all dem terminlichen Wirrwarr im Buch noch den Überblick behielt. Sie war außerdem ein wandelndes Telefonbuch und kochte den besten Kaffee zwischen hier und Sibirien. Schwungvoll stellte Vera eine Tasse mit heißem Kaffee vor Ira auf den Tisch.

»Nun meine Liebe, hast du dich von deinem Toten erholt?« erkundigte sie sich.

Ira beeilte sich Vera zu versichern, dass alles in Ordnung sei. Doch Vera kniff sie in die Wange und meinte: » Das kannst Du vielleicht dem Chef erzählen, aber mir nicht.«
Vera war nicht entgangen, wie sich Iras Stirn in Falten gelegt hatte angesichts des Polizeiberichts.
»Nimm dir das nicht so zu Herzen«, empfahl sie im mütterlichen Ton. »Konzentriere dich lieber mehr auf deine sexy Gemeinderäte und Bürgermeister als auf einen toten Mann.«
»Ha, Ha, Ha«, verzog Ira das Gesicht. Schließlich war Vera bekannt dafür, dass sie gerne einen Mann in Iras Leben gesehen hätte. Und schreckte auch nicht davor zurück, diverse Andeutungen auf attraktive Junggesellen aus ihrem Bekanntenkreis zu machen. In diesem Moment klingelte das Telefon.
Vera hob ab und wimmelte einen sichtlich aufdringlichen Anrufer ab. Dieser wollte wieder in letzter Minute noch »kurz einen Fotografen für eine Ehrung am Abend«.
»Sie haben doch bestimmt einen Fotografen im Verein, schließlich senden sie uns ja auch immer so nette Ausflugsbilder«, flötete Vera ins Telefon.
Die Augen gen Himmel verdreht, erzählte sie dem Telefonmenschen mit Säuselstimme von anderen, dringenden Terminen und ähnlichem. Dass der Fotograf bereits fünf Termine innerhalb von eineinhalb Stunden habe. Was auch der Wahrheit entsprach, wie Ira beim kurzen Blick auf die zahlreichen Eintragungen zwischen 18 und 22 Uhr im Terminbuch sah. Mit einem Siegeslächeln auf den Lippen legte Vera schließlich den Hörer auf.

Ira wollte sich nicht mehr unterhalten. Ihr war eine Idee gekommen. Nämlich, die Witwe des Ermordeten aufzusuchen. Sie nahm sich vor, gleich am nächsten Tag diese Idee in die Tat umzusetzen. Sie winkte Vera, die immer noch mit dem Telefonhörer in der Hand da stand, kurz zu und ging die Treppe zum Ausgang hinab.
Hektisches Getümmel erwartete Ira beim Verlassen des Redaktionsgebäudes. Einkaufende Mütter, Rentner unter sichtlichem Zeitdruck und mittendrin ein grinsendes Gesicht, umrahmt von feuerroten Haaren, das Ira neugierig musterte.
»Auch das noch. Warum muss ich ausgerechnet heute diesem Typ über den Weg laufen«, fragte sich Ira säuerlich.
»Grüß Dich, altes Haus. Na, wieder mal im Stress? Komm doch einfach zu uns, da geht's ruhiger zu«, flötet ihr Patrick Willz entgegen.
Klar, der Schreiberling von der Konkurrenz machte heute wieder einen auf unwiderstehlich. Dabei straften ihn seine Falten um die Augen ob seiner Lockerheit Lügen.
»So, so, heute wieder gut drauf«, erkundigte sich Ira mit einem Lächeln auf den Lippen beim Kollegen.
»Klar, ich bin ja auch der Beste«, ließ die Antwort nicht auf sich warten.
Natürlich, Patrick hielt sich immer noch für die Reinkarnation des Adonis. Dabei war auch er mittlerweile in die Jahre gekommen, und der Job zollte seinen Tribut. Doch Ira wollte sich einfach nicht mit diesem Beau unterhalten, sondern wünschte ihm lediglich einen guten Tag. Doch sie wäre nicht sie selbst gewesen,

hätte sie den Kollegen nicht noch mit einem kleinen Seitenhieb bedacht:
»Übrigens wegen einer solch kleinen Wurst würde ich nicht gleich den ganzen Laden öffnen«, bemerkte sie – und ließ Patrick stehen. Dieser blickte erst verdutzt an seiner Hose runter und dann etwas verärgert Ira hinterher.
»Wieso geh' ich dem Luder eigentlich immer wieder auf den Leim«, fragte er sich selbst.
Und aus der Wiedergeburt des Adonis wurde in kürzester Zeit ein kleiner Zwerg, der unter dem Teppich Fallschirm springen kann…
Der Blick auf die Uhr verriet Ira, dass sie gerade noch fünf Minuten Zeit hatte, um das Heckenbacher Rathaus zu erreichen. Zu lange hatte sie sich mit der einstigen Kollegin in der Stuttgarter Redaktion über die alten, hektischen Zeiten unterhalten. Und dabei glatt vergessen, dass die Gemeinderatssitzung heuer bereits um 19 Uhr beginnen würde. »Nun aber schnell«, trieb sie sich selbst an. Sie war nicht die letzte, die die Eingangstür des Rathauses stürmisch aufmachen wollte. Ingenieur Klaus Wurzel schnappte gleichzeitig zur Türklinke.
»Oh, auch spät dran«, grinste er Ira an. Sie trafen sich manchmal bis zu drei Mal pro Woche auf irgendwelchen Gemeinderatssitzungen im Landkreis. Er und seine Kollegen aus dem Ingenieurbüro hatten sich auf Kläranlagen, Kanalsanierungen und unter anderem Straßenbaumaßnahmen spezialisiert. Also alles Dinge, für die Unmengen von Geld in die Erde verbuddelt wurde. Doch leider nahmen dies die Bürger nicht so wahr wie etwa einen Kindergartenanbau oder eine neue Gemeindehalle.

»Sind Sie wegen dem Gewerbegebiet da?« erkundigte sich Ira noch schnell bei dem hochaufgeschossenen blonden Ingenieur. »Ja«, konnte er gerade noch kurz und knapp antworten. Denn mittlerweile waren sie beim Sitzungssaal angekommen und nahmen rasch ihre Plätze ein.
»Aus aktuellem Anlass setze ich den Punkt, der sich mit dem Gewerbegebiet befasst, ab«, gab soeben Bürgermeister Schneider mit näselnder Stimme bekannt.
»Was soll das denn, ich hab' doch einen Dreispalter zu füllen«, ärgerte sich Ira insgeheim. Jetzt musste sie über irgendwelche Dachgauben, eine Friedhofsatzung und erweiterte Öffnungszeiten im Kindergarten Zeilen schinden.
»Und morgen fragt mich der Chef wieder, ob ich nichts Aufregenderes zu bieten hätte«, war Ira sauer. Da sein Tagesordnungspunkt nicht drankam, verabschiedet sich der Ingenieur gleich wieder. Ira blickte ihm sehnsüchtig nach. Lieber hätte sie mit ihm noch ein Weilchen getratscht, als hier mit langweiligen Themen den Abend zu vergeuden.
Erst kürzlich hatte sie sich köstlich mit ihm amüsiert, als in Bodingen auf der Alb ein neuer Bürgermeister ins Amt gesetzt worden war. Für Ira war bei diesem Termin ganz vorn in der Halle ein Tisch hingestellt worden, den sie sich mit der Kollegin von der anderen lokalen Zeitung teilte.
Während den schier endlos erscheinenden Grußworten war Iras Blick zur vordersten Reihe gewandert. Dort saßen die Bürgermeister des Verwaltungsverbandes in scheinbarer Harmonie zusammen. Aber eben nur scheinbar. Denn durch ihre zahlreiche Termine in

dieser Gegend wusste Ira genau, wo der Hund begraben lag. Denn untereinander kamen die Herren nicht allzu gut miteinander aus. Beobachteten das Treiben des lieben Kollegen im Nachbarort stets mit eifersüchtigem und wachem Blick. Schließlich waren die Verwaltungsverbände anno 1972 aus der Not heraus geboren worden. Nur im Verband konnten sich die damaligen Gemeinden ihre Selbständigkeit bewahren. Und wurden somit nicht von der nächstgrößeren Stadt einverleibt und zum Teilort degradiert.
»Und biete dir, lieber Georg, die Zusammenarbeit im Namen aller Verbandsbürgermeister von Herzen an...«, laberte soeben der Dienstälteste im Schultes-Reigen.
»Mir kommen gleich die Tränen«, hatte Ira kommentiert - während ihre Kollegin eifrig damit beschäftigt war, mitzuschreiben. Verblüfft blickte Ira auf den Block. War doch die liebe Kollegin bekannt dafür, dass sie immer herzlich wenig mitschrieb. Die Verwunderung wuchs aber noch mehr. Entdeckte Ira auf dem Block doch Worte wie »Mehl« und »Hackfleisch«. Und diese Worte befanden sich keinesfalls in der Rede des Herren am Mikrophon! Da konnte sich Ira ein leises Kichern nicht verkneifen. Keine Frage, die liebe Kollegin war damit befasst, ihren Einkaufszettel für den nächsten Tag zu schreiben.
Nach der offiziellen Amtseinsetzung traf sich Ira mit Ingenieur Wurzel an einem der Stehtische. Gemeinsam hatten sie beobachtet, wie sich die Gäste plötzlich aufs kalte Büffet gestürzt hatten. »Tja, da kann man schon mal seine gute Erziehung verlieren«, stellte seinerzeit Klaus Wurzel fest.

Ira wiederum hatte den Landtagsabgeordneten Wilhelm Borne verblüfft mit ihren Blicken verfolgt. Normalerweise war er immer einer der ersten bei Speis und Trank. Auch Klaus Wurzel war seine Zurückhaltung aufgefallen. Bis Ira gemutmaßt hatte: »Keine Frage, der hat bereits vorab seine Tupperwaren-Behältnisse gefüllt und im Kofferraum deponiert.« Bei diesem Ausspruch hatten sie beide gleichzeitig losgeprustet – der Beginn einer wunderbaren Freundschaft.

Die Gedanken immer noch bei der Amtseinsetzung des Bürgermeisters, schmunzelte Ira, als es in der Heckenbacher Gemeinderatssitzung schließlich um eine Dachgaube und die Farbe für die neuen Garagentore am Bauhof ging. Bei dem Farb-Punkt meldete sich Gemeinderätin Maria Frohlert. Was an sich schon fast an ein Wunder grenzte, sagte sie doch normalerweise während den Sitzungen überhaupt nichts. Ira hatte sich schon öfters gefragt, ob die gute Frau lediglich eine Attrappe war, aufgeblasen versteht sich, um die Frauenquote in die Höhe zu treiben. Jetzt kam Ira aber aus dem Staunen nicht mehr heraus. Denn die Frau schaffte es, sich mit dem Bürgermeister einen 20-minütigen Dialog in Sachen Farbgebung für die Tore zu gönnen.

»Nein, ich bevorzuge das Taubenblau. Nicht das Mittelblau und schon gar nicht das Hellblau«, hatte Frau Frohlert mehrmals – damit es auch der Letzte noch begriff – wiederholt.

»Wenn es um zigtausend Euro geht, nicken die Gemeinderäte ab. Aber wenn es um einen schlichten Farbanstrich geht, wird heftig diskutiert«, war Ira verständnislos. Denn der Blick auf ihre Uhr zeigte, dass

es höchste Zeit war, sich zu verabschieden. Musste sie doch den Artikel noch vor 22 Uhr an die Redaktion gemailt haben.
Endlich war die Sitzung dann aber doch geschlossen. Ira tuckerte nach Hause und schrieb den Dreispalter in Windeseile. Am Abend, wenn noch eine aktuelle Berichterstattung ins Blatt musste, waren die Redakteure des öfteren etwas gereizt. Da konnte es schon mal vorkommen, dass ein besonders nervöser Kollege bei Ira anrief, um sich nach dem ausstehenden Artikel zu erkundigen. Und an diesem Abend hatte Michael Steiner Dienst. Bekanntermaßen etwas leicht aufbrausend und immer ein wenig hektisch wirkend. Und schon rappelte das Telefon:
»Mädel, wann kommt endlich der Artikel?«, fragte er.
»Wenn Du mich nicht alle fünf Minuten anrufst hast Du ihn bald«, versicherte ihm Ira.
»Ich melde mich, sobald er weggemailt ist«, versprach sie.
Keine zwölf Minuten später gab sie Michael Bescheid:
»Okay, jetzt bist Du dran.«
»Danke, das ging aber schnell«, freute sich Steiner. Und bekam wieder Hoffnung, dass er doch noch Feierabend bekommen würde.
»Wenn nur alle so schnell wären wie Du«, seufzte er zufrieden.
»Hab' noch einen schönen Abend - oder was eben davon übrig ist«, wünschte ihm Ira und legte auf.

Sagrotan und ein Hauch Katzenklo

Die Rauchwolken verabschiedeten sich als kleine, weiße Kringel in der Luft. Ira blickte ihnen gedankenverloren nach. Ihr war klar, dass die Witwe sie nicht kannte, beziehungsweise sich bestimmt über ihren Besuch wundern würde. Doch letztlich war Ira ja eine Nachbarin, die einen Kondolenzbesuch abstattete.

»Das wird schon in Ordnung gehen«, dachte sich Ira. Entschlossen drückte sie die Zigarette im Aschenbecher aus, griff sich ihre Hausschlüssel und machte sich auf, die Witwe zu besuchen. Sie war gerade von einem Pressegespräch für das anstehende Stadtfest gekommen.

Die Tatsache, jede Menge Zeit fürs Schreiben des Artikels zu haben, da es sich um eine Sonderveröffentlichung handelte, bereitete ihr gute Laune. Als sie so auf der Straße entlangspazierte zum Nachbarhaus, fiel ihr Blick auf einen roten Golf.

»Schande, der Bürgermeister ist da«, schoss es Ira durch den Kopf.

Doch da sie noch einen Termin bei einer goldenen Hochzeit zu absolvieren hatte, wollte sie den Besuch nicht aufschieben. Kurzentschlossen und mit leicht klopfendem Herzen drückte sie den altmodischen Knopf, der als Klingel diente.

In diesem Moment ging die Tür auf und eine braunhaarige Dame im zart-rosa Kostüm trat heraus. Wie immer adrett gekleidet und mit scheinbar festgefrorenem Lächeln auf den Lippen, stand Ira des Bürgermeisters Gattin gegenüber.

»Hallo, die Presse ist da«, flötete die Mittvierzigerin Ira entwaffnend entgegen.
»Ich bin privat hier, möchte meiner Nachbarin kondolieren«, entgegnete Ira halb entschuldigend.
»Wieso sag ich ihr das eigentlich, das geht die doch gar nichts an«, wunderte sich Ira über ihr fast schulmädchenhaftes Benehmen. »Oh, das ist sehr aufmerksam von Ihnen«, drang eine andere Stimme aus der Wohnung an ihr Ohr.
Die Witwe, Anna Klein, schob des Bürgermeisters Gattin sanft etwas zur Seite und machte die Tür weit auf für Ira.
»Komisch, für jemanden, der seinen langjährigen Gatten verloren hat, sieht die aber ziemlich quietschvergnügt aus«, wunderte sich Ira.
»Also Frau Klein, halten sie sich weiter so tapfer«, verabschiedete sich derweil die bessere Hälfte von Schultes Schneider.
»Und denken sie darüber nach, was ich ihnen vorgeschlagen habe«, empfahl sie sich und ging zu ihrem Golf.
Ira trat in die Wohnung ein und blickte auf zwei gebrauchte Tassen und eine Unmenge von zuckersüßen Törtchen auf einer Etagere, die ihre besten Tage bereits gesehen hatte. An manchen Stellen hatte sich die Silberauflage bereits verabschiedet und braun schimmerndem Metall Platz gemacht. Noch nie war die Journalistin in diesem Haus gewesen. Je weiter sie in die Wohnung hineintrat, desto aggressiver erklomm ein unangenehmer Geruch ihre Nasenschleimhäute.
»Eine Mischung aus Sagrotan und ausgelaufener Katze«, definierte Ira.
Leicht angewidert ließ sie sich nach Aufforderung in

einem Sessel nieder, der mit Sicherheit vor etwa 40 Jahren einmal ein hübsches Brokatmuster hatte. Mittlerweile hingen die Fäden wirr in alle Himmelsrichtungen, und Katzenhaare scharten sich um diese. Ira mochte Katzen – allerdings nur mit Ketchup.
»Die Frau von Bürgermeister Schneider ist einfach unglaublich nett und aufmerksam« säuselte die Gastgeberin. »Sie hat diese Torte mitgebracht und sich rührend um mich gesorgt. Ich fühle mich so erleichtert, dass ich mit jemand über meinen lieben verstorbenen Gatten reden konnte«, stellte Anna Klein fest. Irgendwie wurde Ira das Gefühl nicht los, in einer Posse gelandet zu sein. Denn so theatralisch wie diese Frau mit ihrem altmodisch bestickten Taschentuch sich um ihre Augen wischte, war einfach lächerlich.
»Ich möchte sie nicht aufhalten, sondern wollte ihnen nur mein Beileid ausdrücken«, versuchte Ira wieder aus dem Wohnzimmer zu flüchten.
»Ich freue mich doch über jeden Gast«, versicherte ihr die Witwe, während sie ihr einen Kaffee aus der Tasse der Frau Bürgermeisterin anbot.
»Jetzt schlägt's dreizehn«, dachte sich Ira.
Dennoch nahm sie die gebrauchte Tasse entgegen und deutete einen Schluck an.
»Hach ja, die Frau Bürgermeister ist schon was ganz besonderes«, schwärmte die Witwe weiter. »So aufmerksam, so nett…«
Ira dachte verächtlich: »Wenn sie das jetzt noch mal sagt, glaub' ich es auch noch.«
Doch die trauernde Quasselstrippe machte weiter. Mit verträumtem Blick schilderte sie die vielen Aktivitäten und das große Engagement der »Frau Bürgermeister«.

Sei es nun in der Seniorenfreizeit, im Kirchenchor oder auch im Strickkreis. Und großartig sei vor allem natürlich ihr Einsatz für ein vor zwei Jahren eröffnetes Seniorenheim mit angegliederten betreuten Seniorenwohnungen in Heckenbach.
Das Gesäusel von Frau Klein hatte auf Ira die selbe Wirkung wie drei gleichzeitig geschluckte Schlaftabletten. Um nicht auf der Stelle schlafend aus dem Sessel zu kippen, hing Ira ihren eigenen Gedanken nach, und widmete sich so dem Ehepaar »Bürgermeister«.
Vor etwa sieben Jahren hatte sich Schneider als Kandidat mit den meisten Stimmen bei der Wahl auf den Chefsessel im Rathaus gesetzt. Also vor der Zeit, in der Ira in Heckenbach ankam. Die Kollegen in der Redaktion hatten sie darüber aufgeklärt, dass er sich nur aufgrund seiner Parteizugehörigkeit von den Mitbewerbern so erfolgreich nach vorn absetzen konnte.
»Der hat eben das richtige Gesangbuch«, hatten die Kollegen glaubhaft versichert.
Für Iras Verhältnisse war der Gute ein wenig zu schlaff, zu langweilig. Eigene Ideen schienen ihm unangenehm. Er beschränkte sich gern aufs Verwalten, nicht aufs Gestalten. Aber da sie nicht gerne in die Gemeinderatssitzungen am Ort ging, höchstens Mal als Krankheitsvertretung einsprang, konnte sie nur ihren subjektiven Eindruck ins Rennen bringen. Doch über die Frau des Bürgermeisters, Silke Schneider, hatte sie sich sehr schnell ein scharfkantiges Bild gezeichnet: seit etwa zwei Jahrzehnten beurlaubte Lehrerin, Mutter zweier überaus wohlerzogener Kinder, allzeit für ehrenamtliche Betätigung bereit und ihrem Mann mit Sicherheit eine große Stütze. Alle Leute im Dorf blick-

ten zur »Frau Bürgermeister« auf. Sie hatte stets ein Lächeln auf den Lippen. Zwar eingefroren, aber dennoch ein Lächeln. Außerdem war sie immer korrekt gekleidet. Mit dem Hang zum Konservativen. Und immer ein Vorbild an Pünktlichkeit und Güte. Kurzum, diese Frau besaß alle Eigenschaften, die Ira zuwider waren. Die »Frau Bürgermeister« stand einfach nicht für Iras Bild einer modernen Frau: selbständig, ehrlich – zumindest zu sich selbst – und unabhängig.
Plötzlich wurde Ira aus ihren Gedanken herausgerissen, denn die Witwe hatte mittlerweile die Tonart gewechselt und sprach in fast schrillem Ton auf sie ein. Schon fast beleidigt glotzte sie Ira an. Die wiederum reagierte schnell und nickte vorsichtshalber zustimmend mit dem Kopf. Das besänftigte die Witwe, sprach sie doch gerade von ihrem Sohn.
Der sei unglaublich intelligent, ein welterfahrener Pilot. Leider könne dieser nur sehr selten kommen, bedauerte die Witwe leicht beleidigt.
»Der wird seine Gründe haben, die nicht unbedingt mit dem zeitaufwändigen Beruf zu tun haben«, grinste Ira wiederum in sich hinein.
Schließlich konnte einem so eine schwatzhafte Mutter samt Sagrotan und Katzenvieh schon mächtig auf den Senkel gehen. Ira lobte den Kaffee, kondolierte nochmals der Witwe, und suchte endlich das Weite.
Beim Heimgang meldete sich plötzlich ihr Unterbewusstsein. Die Witwe hatte auch in ihrem unglaublichen Redeschwall von einem Grundstück erzählt und dessen Lage erläutert. Ira dämmerte es, dass die Gemeinde einst auf diesem Boden ein Gewerbegebiet in die Höhe ziehen wollte – jedoch nicht an das Grund-

stück herangekommen war. »Und ich werde es nun der Gemeinde verkaufen«, hatte Frau Klein triumphierend erzählt. Also doch ein Gewerbegebiet auf der von der Gemeinde favorisierten Fläche?
»Ich sage Dir, der Tod ihres Gatten kam der Alten ganz recht«, stellte Ira Jim gegenüber fest.
»Sei doch nicht immer gleich so hart in deinem Urteil«, maßregelte sie der gutmütige Jim.
Zu ihm hatte es Ira wieder einmal getrieben, als sie der Klein'schen Wohnung entflohen war. Doch Ira hatte wieder diese Falten auf der Stirn, die er nur zu gut kannte. Trotzig blickte sie ihn an: »Wollen wir wetten, dass dieses Grundstück binnen kürzester Zeit in Gemeindebesitz ist und ein Gewerbegebiet entsteht?« forderte sie ihn heraus.
»Is mir doch schnurz, wahrscheinlich hast Du sowieso recht«, kapitulierte der Amerikaner.
»Aber komm' mir jetzt bloß nicht damit, dass da ein Auftragskiller gechartert wurde, damit die Gemeinde an das Grundstück rankommt.«
Iras Blick sagte im jedoch, dass er mit seiner Behauptung soeben den Nagel auf den Kopf getroffen hatte. Denn im Gegensatz zu ihm wusste die junge Journalistin nur zu gut, dass rund um Heckenbach nur wenig Gelände überhaupt bebaut werden durfte. Biotope und Landschaftsschutzgebiete »tummelten« sich geradezu innerhalb der Gemarkungsgrenze. Hinzu kam die neuerliche Richtlinie aus Brüssel, die FFH – Flora-Fauna-Habitat-Gebiete auswies. Diese konnten schon mal mitten über einen Fabrikhof oder eine Terrasse gehen – waren also sichtlich am grünen Tisch im fernen Brüssel und nicht vor Ort geplant worden. Ein Albtraum

aus Sicht der Planer, deren Aufgabe es war, neue Baugebiete zu projektieren.
Das Klein'sche Grundstück wäre einfach ideal für Gewerbeansiedlungen, könnte man doch mittels einer Abbiegespur direkt an die Bundesstraße anknüpfen, was ein Traum für alle Anlieferer wäre. Selbst seltene Schmetterlinge wie etwa der Bläuling hatten die Umweltschützer auch noch nicht auf der Fläche gesichtet. Eben wegen einem solchen Flattermann musste in einer Nachbargemeinde erst kürzlich die Trasse einer Wasserleitung verschoben werden.
Kurzentschlossen verabschiedete sich Ira von Jim und stapfte die Treppe zu ihrer Wohnung hinauf. Dort angekommen, hängte sie sich gleich an das Telefon und rief Fritz Hagen an. Dieser lauschte ihren Ausführungen interessiert und gab schließlich grünes Licht. So konnte Ira dem lieben Bürgermeister mal auf die Pelle rücken um sich nach dem weiteren Vorgehen für das geplante Gewerbegebiet zu erkundigen – nachdem der Punkt ja von der gestrigen Tagesordnung genommen worden war.
Fritz Hagen wusste, dass Ira wohl mit allen Mitteln an Infos herankam. Wie, das war ihre Sache. Doch war sich Ira durchaus über ihr Aussehen im Klaren, und er konnte ja wohl »zum Henker« nicht der Einzige sein, der regelmäßig auf ihren blauen Augenaufschlag hereinfiel!

Bier und eine Prise Strychnin

»Also dein Jim ist wirklich der Größte.«
Ira lächelte den Bauhofmitarbeiter im Vorzimmer des Bürgermeisters an. Etwas unbeholfen und verlegen hatte er die Hände tief in seine Hosentaschen versenkt.
»Jim ist zwar nicht meiner, aber Du hast recht«, gab sie zurück. »Du weißt, Jim hilft immer wo er kann.«
»Außerdem ist er ein richtiger Scherzkeks. Und ich schätze, dass er für einen guten Witz alles tun würde«, schmunzelte der Bauhofmitarbeiter.
Zum einen konnte Ira Bernd Lübel, der immer in einer blauen Latzhose unterwegs war, gut leiden, zum anderen schien er ihr heute der erste vernünftige Mensch zu sein, der ihr unter die Augen kam.
Bevor Ira im Rathaus vorbeischaute, absolvierte sie bei einem alten Ehepaar wegen seiner bevorstehenden Goldenen Hochzeit einen Besuch. Ewig musste sie sich alte Geschichten vom Krieg, der Entbehrung und den schlechten Zeiten anhören.
»Uns ging es noch nicht so gut wie euch jungem Volk«, hatte ihr der Jubilar in den 70ern überzeugend an den Kopf geworfen. Seine Frau, die immer wieder mal den Versuch startete zu Wort zu kommen, wurde stets mit neuen Kriegssprüchen im Keim erstickt.
»Der Typ vergisst wohl ganz, dass es unter anderem seine Frau war, die nicht nur die vier Kinder allein durchbrachte, sondern auch noch beim Wiederaufbau Deutschlands half«, schoss es Ira durch den Kopf.
Mit gütigem Lächeln wurde sie von der Jubilarin, die ja immerhin auch goldene Hochzeit feierte, bedacht.

Als hätte sie ihre Gedanken gelesen, gelang es ihr doch noch, zwischen zwei Redeschwallen ihres Gatten zu Wort zu kommen:
»Als mein Mann in der russischen Kriegsgefangenschaft war, schlug ich mich mit meinen Kindern durch.«
Doch kaum war dieser Satz raus, da schilderte der Alte auch schon seine unglaublichen Erlebnisse beim Ausheben eines Schützengrabens an der polnischen Grenze. Gerade als er beflissen erwähnte, dass es seiner Frau hervorragend ging, als er als ganzer Mann und mit halbem Magen nach Hause kam, griff wiederum die Gattin ein.
»Soll ich noch was zu Trinken bringen?« erkundigte sie sich bei ihrem Ehemann unterwürfig.
»Ja, bring mir ein Bier«, orderte der liebe Gemahl im Befehlston.
»Und rühren sie auch noch ein bisschen Strychnin mit rein«, fügte Ira in Gedanken hinzu.
Schnell war der Bericht über die Goldene Hochzeit geschrieben und in die Redaktion gesandt. Nach einer Tasse Kaffee hatte sich Ira auf den Weg ins Rathaus gemacht, um dem Bürgermeister auf den Zahn zu fühlen. Doch musste sie sich in Geduld üben, da kam ihr der Bauhofmitarbeiter mit seinen netten Worten ganz recht. Leider musste dieser aber wieder an die Arbeit und Ira blieb allein im Vorzimmer zurück.
»Ich sollte mit Stricken anfangen, damit ich etwas zu tun habe«, schoss es Ira durch den Kopf.
Wohl wissend, dass sie spätestens bei der dritten Masche ihre Finger so irreparabel verknotet hätte, dass sie nie wieder ihren Beruf ausüben könnte. Bereits in der Schule war sie der Albtraum jeder Hauswirtschafts-

lehrerin. Weshalb sich Ira auch auf ihre augenscheinliche Talente besann und den sprachlichen Zug in der Schule wählte. Seit einer halben Stunde machte sie sich nun bereits auf dem unbequemen Besucherstuhl im Rathaus breit. Die hölzerne Lehne bohrte sich unnachgiebig in ihren Rücken.
Trotz terminlicher Absprache war der Bürgermeister nicht erschienen. Immer wieder zog die Verwaltungsangestellte ein entschuldigendes Gesicht – sie konnte schließlich auch nichts dafür, dass ihr Chef nicht da war.
So freute sich Ira, zumindest mit Bauhofmitarbeiter Bernd ein paar Worte wechseln zu können. Schließlich war es nicht gerade aufregend, Volkshochschulangebote und Ferienprogrammhefte durchzulesen, die auf einem Ständer im Vorraum als Lektüre für Wartende bereitlagen. Plötzlich flog die Tür auf und ein völlig atemloser Bürgermeister kam in den Vorraum.
Ira schrak zusammen, war ihm doch die Türklinke aus der Hand gerutscht, so dass die komplette Tür lautstark mit der Wand Bekanntschaft machte.
Irritiert blickte er auf Ira.
»Ach Gott, wir hatten ja einen Termin«, stellte er entschuldigend fest.
Das Dach des Kindergartens sei durch den Regen neulich Abends in Mitleidenschaft gezogen worden. Viele Eimer hätten die Erzieherinnen bereits aufgestellt, und ein Ingenieur habe sich jetzt auf Lecksuche begeben, fügte Schneider brummelnd an.
»Was das wieder kostet«, schob er schließlich noch nach. Doch dann schien ihm wieder in den Kopf gekommen zu sein, was Ira eigentlich wollte:

»Sie möchten Infos zum Gewerbegebiet, dann kommen Sie doch gleich mit rein.«
Im Büro des Schultes angekommen, ließ Ira ihren Blick über die Einrichtung schweifen. »Hier könnte ich auch nicht kreativ werden«, beschloss Ira.
An der Wand hingen zahllose Portraits seiner Vorgänger, eine seltsame Kuckucksuhr war so hässlich, dass der Kuckuck darin auch keine Lust mehr hatte zu erscheinen. Und über den Schreibtisch hätte sich wohl mancher Antiquitätenhändler die Hände gerieben. Das einzig richtig Neue an der Einrichtung war ein Foto im silbernen Rahmen. Die Familie des Bürgermeisters strahlte aus dem Bild raus. Die Gattin und beide Söhne schienen so, als wollten sie ihren Mann und Vater zur Arbeit ermuntern. Kurzum, der Studiofotograf schien ganze Arbeit geleistet zu haben.
Mit linkischen Bewegungen nahm der Schultes auf seinem durchgewetzten Lederstuhl Platz.
»Komisch, bereits am frühen Morgen macht er einen schlaffen und trägen Eindruck«, wunderte sich Ira.
»Liebe Frau, ich kann ihnen eigentlich gar nichts Neues sagen«, stellte er ernüchternd fest.
»Und ich hab' auch keine Lust Dir etwas zu erzählen«, ergänzte Ira den Satz des Bürgermeisters in Gedanken. Schneider gehörte zu der Gattung Bürgermeister, die sich am liebsten mittels Presseerklärung offenbarten. Bloß keine unbequemen Fragen beantworten. Doch da biss der schlaffe Bürgermeister bei Ira auf Granit. So schnell gab sie nicht auf.
»Mir kam zu Ohren, dass ein neues Grundstück interessant ist für das Gewerbegebiet«, flötete sie mit ihrer einschmeichelndsten Stimme.

Der Blick auf ihr Gegenüber zeigte ihr, dass sie ins Schwarze getroffen hatte. Leicht verdattert beäugte sie der normalerweise träge Schultes mit einem listigen Blick:

»Grundstücksverhandlungen sind nicht öffentlich. Sie werden erfahren, wenn es so weit ist«, raunzte er, plötzlich hellwach, Ira ins Gesicht.

»Ich halte Sie auf, entschuldigen Sie bitte. Doch wenn sich die Witwe Klein entschlossen hat, wird es die Redaktion durch eine kleine Presseerklärung doch erfahren«, erkundigte sich Ira mit Unschuldsmine, die blauen Augen weit und bittend aufgerissen.

»Natürlich, wenn es schwarz auf weiß ist«, konterte der Bürgermeister im Brustton der Überzeugung.

Doch während sich Ira erhob, bekam er plötzlich ein versteinertes Gesicht.

»Jetzt bin ich der dummen Gans doch tatsächlich auf den Leim gegangen«, schien er sich selbst zu beschimpfen.

Ira ignorierte seinen jetzt sichtlich verärgerten Gesichtsausdruck, schenkte ihm ihr bezauberndstes Lächeln und entschwand aus der Tür…

Bilderbuchfrauen und andere Katastrophen

»Ira, du musst mir helfen«, flehte die Volontärin Gwendolyn am Telefon. Reportagen über Hausfrauen und Mütter standen gerade an, und ein Mitarbeiter hatte das blonde Küken der Partnerredaktion in der Nachbarstadt Bohlheim im Regen stehen lassen. So war ihr Ira eingefallen, die als freie Mitarbeiterin hoffentlich Zeit hatte.
»Bis wann brauchst du denn eine Story über die Bilderbuchfrauen«, erkundigte sich Ira, die sich eigentlich nach dem Besuch beim Bürgermeister eine Auszeit gönnen wollte.
Allerdings würde aus diesem Päuschen nichts werden, hatte sie doch eine kleine Schwäche für Gwendolyn. Jung, unbeschwert und ab und zu etwas blauäugig blickte die junge Dame in die große weite Welt. Und immer wieder musste sie die Launen vom Chef ausbaden. Dennoch hatte sie sich ihren Humor bewahrt und glaubte noch an das Gute im Menschen.
»Spätestens bis Übermorgen«, antwortete die aufgelöste Volontärin.
»Du kennst doch Gott und die Welt, kannst du nicht eine solche Frau aus dem Ärmel zaubern?« hoffte Gwendolyn.
»Ich will mal sehen, was sich machen lässt«, versprach Ira.
Sie konnte die Volontärin einfach nicht Betteln hören.
»Ich melde mich, wenn ich die Story habe«, kündigte Ira an. »Du bist einfach die Beste«, bedankte sich Gwendolyn überschwänglich.

Frisch von der Universität war Gwenny, wie Ira sie liebevoll nannte, in die Redaktion hereingeschneit. Über englische Literatur, Theaterwissenschaften sowie Politik war sie auf der Uni bestens aufgeklärt worden. Und ihren Magister hatte sie mehr als verdient in der Tasche. Doch auf die schnelllebige Redaktion war sie nicht vorbereitet gewesen. Dennoch biss sie sich tapfer durch die verkrachten Existenzen. Die profilneurotischen Redakteure der Marke »warte nur, bis ich mein Buch geschrieben habe«, die spitzfindigen und launischen Chefs, eben überhaupt durch alles, was sich in einer Redaktion länger aufhält.
Von Mode hielt Gwenny nicht viel, was Ira sehr begrüßte. Sie war erfrischend anders als die jungen Praktikantinnen, die sich scheinbar einen Wettbewerb lieferten nach dem Motto: »Wer hat die teuerste Designerklamotte und den dümmsten Gesichtsausdruck.«
Gwenny war etwas Besonderes. Sie hatte auch schon mal selbstgehäkelte Pullover an. Diese Handarbeit war ihre Leidenschaft. Es gab eigentlich nichts, was die Gute nicht mit Häkelnadel und Wolle umsetzte. Sie hatte sogar schon gedroht, das Cover für Iras Buch, das irgendwann innerhalb des nächsten Jahrhunderts zu schreiben war, zu häkeln. Und die ganze Redaktion war stets auf der Hut, dass Gwenny nicht plötzlich eine Farbseite über das Häkeln aus dem Ärmel zauberte. Hinzu kam, dass sie stets einen flotten Spruch auf den Lippen hatte, der ihre hausbackene Art Lügen strafte. Kurzum, sie war ganz nach Iras Geschmack, weshalb sie ihr auch immer gern aus der Patsche half.
»Wo krieg' ich auf die Schnelle eine Vorzeigemutter her?« grübelte Ira.

Und da kam auch schon der Geistesblitz: Silke Schneider, besser gesagt die Frau Bürgermeister.
»Klar, da hätte ich auch gleich drauf kommen können«, grinste Ira in sich hinein.
Flugs griff sie zum Telefon und wählte die Nummer der First Lady von Heckenbach.
»Schneider, guten Tag«, hob die Auserwählte denn auch schnell ab.
»Guten Tag Frau Schneider, ich brauche dringend ihre Unterstützung«, flötete Ira mit säuselnder Stimme in die Muschel.
Sie traf den richtigen Ton, denn sofort erkundigte sich Frau Schneider eifrig nach ihrem Anliegen.
»Ich schreibe eine Reportage über Mütter, und wie sie alle Dinge so unter einen Hut bringen. Da sind sofort Sie mir eingefallen, denn ich bewundere es, wie Sie Ihre zahlreichen Aufgaben als Frau des Bürgermeisters und die Erziehung ihrer Kinder im Griff haben« schmachtete Ira. Dem Spiegel, der beim Telefon an der Wand hing, streckte sie dabei mächtig die Zunge raus.
»Nachher muss ich aufpassen, dass ich auf der Schleimspur nicht ausrutsche«, grinste Ira in sich hinein.
»Aber liebe Frau, ich schildere Ihnen doch gerne meine Erlebnisse«, zeigte sich Frau Schneider äußerst kooperativ.
Sie lud Ira zum Kaffe am Nachmittag ein.
»Herzlichen Dank, das ist wirklich sehr freundlich von Ihnen«, drückte Ira den letzten Schleimvorrat heraus und legte auf.
»Na, das kann ja heiter werden«, blickte sie lustlos vor sich hin. Doch was tut man nicht alles für Volontäre in Not!

Ira fuhr durch Heckenbach und freute sich einmal mehr, dass sie hierher gezogen war. Stau war hier ein Fremdwort, man grüßte sich, und die Fußgänger hielten sogar ab und zu ein Lächeln für Ira hinterm Steuer bereit. Sie näherte sich dem Haus des Bürgermeisters, das in der Neubausiedlung beheimatet war. Prunkvolle Dachgauben und ein hübscher Erker kaschierten ein wenig, dass die Rasenfläche rund ums Haus die 50 Quadratmeter nicht überschritten. Der Weg zur Haustür war mit Blumenrabatten eingefasst. Fein säuberlich waren die Rosenstöcke ob der kalten Temperaturen mit Reisig überdeckt. Kurz, es herrschte eine beneidenswerte Ordnung.

Ira drückte die Klingel. Die Haustürglocke stellte sich als Imitation des Glockenläutens vom Big Ben heraus.

»Kitsch in Reinkultur«, rümpfte Ira die Nase.

Doch schnell musste sie ihre entgleisten Gesichtszüge wieder in Ordnung bringen, riss Frau Schneider doch voller Elan die Tür auf.

»Oh, Sie sind ja so pünktlich, kommen Sie doch bitte rein«, wies sie ihr den Weg.

Fein säuberlich standen die Schuhpaare der beiden Kinder im Vorplatz, der Parkettboden roch etwas nach Bohnerwachs, und eine schmucke Kamelie zierte eine kleine Kommode. »Biedermeier und Co.«, kam Ira in den Sinn. Weiter ging's in die Wohnstube, die mit Eiche-Rustikal Möbeln vollkommen überladen war. Gobelins mit Jagdszenen hingen an der Wand, eine selbstgeknüpfte Brücke lag auf dem Boden, und ein Biedermeiersträußchen stand auf dem kleinen Tisch.

»Ich krieg die Krise«, war Ira sich sicher. Sie stand mehr auf Modern Art und Andy Warhol.

»Wir können auch gern im Wintergarten Platz nehmen, heute ist ja so schönes Wetter«, schlug Frau Schneider vor.
Ira nickte schon leicht verräterisch etwas zu schnell mit dem Kopf und rettete sich mit langen Schritten in die gläserne Behausung.
»Kein Wunder, dass mir der Schultes immer so schlaff vorkommt. In diesem Wohnzimmer kriegt man ja kaum Luft«, warf Ira noch einmal einen Blick über die Schulter in das soeben durchschrittene Wohnzimmer.
Gern nahm sie das Mineralwasser an und das Gespräch auf. Sie wollte nicht länger als unbedingt nötig in diesem sargähnlichen Haus verbringen.
»Wenn das hier schon das Leben ist, was machen dann die Toten«, ging Ira ein Lied von Heinz Rudolf Kunze durch den Kopf.
»War der Sänger schon mal in diesem Haus, oder woher nimmt er seine Inspiration?« fragte sie sich.
Ira bat Frau Schneider ihren Alltag zu schildern. Es folgte ein kompletter Lebenslauf.
»Von frühester Kindheit an kannte ich meine Pflichten«, versicherte Silke Schneider.
»Das glaub' ich dir aufs Wort«, amüsierte sich Ira.
Es sei besonders wichtig den Kindern gleich klar zu machen, was ihre Aufgaben sind. Pünktlichkeit, Zuverlässigkeit - nicht nur bei den Hausaufgaben, Achtung vor den Eltern und vieles mehr. »Man muss stets ein Ziel vor Augen haben - und dieses auch schließlich erreichen. Nur so kann man es im Leben zu einem geordneten Alltag bringen«, erläuterte die Frau des Bürgermeisters.
»Gelacht wird zwischen 8 Uhr und 8.05 Uhr, aber nur im Keller«, fügte Ira in Gedanken an.

Es folgte ein detaillierter Stundenplan für die Erziehung, vom Zimmer aufräumen über den Geige-Unterricht bis hin zum Besuch bei der Oma.
»Die Kinder sind wirklich arme Würstchen«, beschloss Ira.
»Und sonntags, nach dem Gottesdienst, nehmen wir uns selbstverständlich Zeit, um mit den Bürgern, ins Gespräch zu kommen«, fügte Silke Schneider an.
Ira ertappte sich dabei wie sie wieder ihre Gedanken schweifen ließ. Denn im Moment stellte sie sich das Lungenvolumen von Frau Schneider vor.
»Das muss an ein anatomisches Wunder grenzen«, grübelte Ira. Sie war sich sicher, dass Frau Schneider in den letzten vier Minuten ihres Redeschwalls nicht ein mal Luft geholt hatte. »Und da finden Sie noch Zeit, sich um die Witwe Klein zu kümmern«, warf Ira schmalzend mit ein.
»Och, ich habe ebenso von meiner Mutter gelernt, dass man seinem Ehegatten eine Stütze sein muss. Also kümmere ich mich natürlich auch um Bürger in der Not«, beantwortete Frau Schneider die Frage.
»Aber bleibt da überhaupt noch Zeit für sich selbst«, fragte Ira erstaunt.
»Ja, früh morgens laufe ich ein wenig. Man muss ja fit bleiben.« Bei diesem Ausspruch blickte Ira ein wenig peinlich berührt an ihren Schenkeln hinunter. Um diese hatten sich Querfalten vom Jeansstoff gelegt - und vor allem an den Nähten schien die Spannung doch sichtbar groß zu sein.
»Und wenn ich zurückkomme mache ich das Frühstück für meine Familie«, fuhr Frau Schneider fort.
Ira beschlich plötzlich ein ganz neues Gefühl für Frau

Schneider. Denn bislang hatte sie immer gedacht, wie perfekt diese Frau doch als Bürgermeistergattin funktioniere. Und jetzt hatte sie nur noch ein Gefühl für diese Quasselstrippe mit überdimensionalem Pflichtbewusstsein: Mitleid.
Ira schoss noch ein paar Bilder von der Vorzeigefrau, verabschiedete sich, und verließ das Haus. Bessergesagt, sie flüchtete. Erst auf der Straße hatte sie das Gefühl, endlich wieder richtig atmen zu können.
»Mann, ist die abgedreht«, urteilte sie über die Frau Bürgermeister.
Wieder im Arbeitszimmer angekommen, war die Geschichte schnell geschrieben, und die Volontärin freute sich mächtig über den prompten Service.
»Klasse, da hast Du ja sogar eine Prominente erwischt, herzlichen Dank.«

Albträume und warmer Kakao

Es war kalt. Ira hatte zwar die Hände in ihre Hosentaschen vergraben, aber sie schlotterte erbärmlich. Sie stand mitten im Wald und konnte links hinter den Bäumen schemenhaft das Schützenhaus erkennen. Ihr Atem erzeugte kleine Rauchschwaden, die an ihr vorüberzogen. Plötzlich sah Ira eine Gestalt. Mit einem Stock in der Hand, kam sie auf Ira zu. Doch sie redete nicht, bewegte sich eher unsicher im Gestrüpp. Plötzlich fiel die Gestalt zu Boden. Ira fröstelte. Sie fasste ihren ganzen Mut zusammen und ging näher. Regungslos lag nun der Körper auf dem Boden. Es war Herr Klein. Mit letzter Kraft streckte er ihr plötzlich die Hand zu und röchelte:
»Hilf mir.«
Ira stand wie angewurzelt da und hörte einen Ast hinter sich knacken, als sei jemand darauf getreten. Sie dreht sich um....
Schweißgebadet fuhr Ira im Bett hoch. Verwirrt blickte sie umher. Doch aus dem Wald, in dem sie gerade noch stand, war ihr Schlafzimmer geworden. Keine ausgestreckte Hand, keine Person weit und breit.
»Was habe ich da bloß für einen Schwachsinn geträumt. Jetzt werde ich wohl auch noch ein Fall für den Psychiater«, ärgerte sich Ira.
Albträume lagen ihr normalerweise fern. Sie konnte schon als Kind immer und überall unvermittelt einschlafen. Und jetzt so was! Noch etwas im Halbschlaf zog sie sich ihre Strümpfe an, schlüpfte in ihre Pantoffel und schlurfte in die Küche. Automatisch nahm

sie zwei Becher aus dem Regal, machte Milch warm, und löffelte Unmengen von Kakao in die beiden Becher. Umständlich öffnete sie ihre Haustür, darauf bedacht, dass sich der bedrohlich schwappende Kakao in den Bechern nicht komplett aus dem Staub macht. Sie tapste durch den dunklen Hof und klopfte an Jims Tür. Durch diese Bewegung griff der Kakao die Gelegenheit beim Schopf, und machte sich auf ihrer Schlafhose und auch noch frecherweise auf einem ihrer Pantoffel breit.

»Hallo Darling, Du bist heute aber früh dran«, begrüßte sie Jim total verschlafen.

Ira hatte wieder mal vergessen, dass normale Menschen um vier Uhr morgens eigentlich schlafend im Bett lagen. Doch wie immer rührte es die junge Dame nicht, und sie nahm die durchgesessene Couch von Jim in Beschlag. Dieser griff sich einen mittlerweile halb leeren Kakaobecher und setzte sich gegenüber in den Sessel.

»Was gibt's« erkundigte er sich.

Ihm waren die tiefen Augenringe und die vom Schweiß verklebten Haare nicht entgangen. Ira sah ihn fragend an.

»Das wüsste ich selbst gern. Ich hatte gerade einen üblen Albtraum.« Ira begann zu erzählen.

»Du solltest dich nicht so reinhängen. Wenn die Polizei die Sache ad acta gelegt hat, wäre es besser für dich dasselbe zu tun.«

Jim war eben der Typ, der sich gern aus allem raushielt. War ja auch bequemer.

»Du kannst doch aber einen Mord nicht so einfach zu den Akten legen. Immerhin hätte Herr Klein noch gut

zwanzig Jahre leben können«, erwiderte Ira vorwurfsvoll.
»Ich kann das nicht einfach wegstecken«, schloss sie.
»Tu was du nicht lassen kannst, aber steck deine Nase nicht zu weit vor«, warnte Jim.
»Dazu ist sie viel zu hübsch.«
Ira machte klar, dass ihr die Sache mit der Gewerbefläche nicht aus dem Kopf ging.
»Ist doch komisch. Kaum ist der Alte tot, profitiert die Gemeindeverwaltung davon«, runzelte sie ihre Stirn.
»Und ich denke, dass seine Witwe kein Problem damit hat, das Grundstück für gutes Geld zu verkaufen«, schob Ira nach.
Sie erzählte Jim, wie die Frau Bürgermeister Frau Klein um den Bart gegangen war.
»Verlass' dich drauf, in der nächsten Gemeinderatssitzung wird bekannt gegeben, dass das Gewerbe schon bald ansiedeln kann.«
Stocksauer schaute Ira ihren Chef, Fritz Hagen an. »Sie wissen doch, dass ich nur sehr ungern Termine in Heckenbach mache. Die Leute in meinem Kaff kommen sonst noch auf die Idee, dass ich auch diverse Vereinsberichte schreiben könnte. Nach dem Motto, Sie sind doch eine von uns….«
Fritz Hagen nickte mit dem Kopf.
»Ist blöd, ich weiß. Aber die Sitzung wurde sehr kurzfristig einberufen. Die Kollegin ist immer noch krank, und ich dachte, dass dich das Gewerbegebiet interessiert.«
Jetzt war Ira kerzengerade in die Höhe geschossen.
»Was, eine Gemeinderatssitzung über das Gewerbegebiet? Warum sagen Sie das nicht gleich. Natürlich geh'

ich da hin!« Verblüfft blickte Hagen Ira nach. Denn die war bereits in Richtung Vera abgezogen, um sich die Unterlagen zur Sitzung abzuholen. Behend legte sie die Einladung zur Sitzung in den Kopierer, zog das ausgespuckte Blatt heraus, und legte das Original wieder fein säuberlich in den Tagesordner. Um dann wie der Blitz aus der Redaktion zu verschwinden.
»Soll einer aus den Frauen schlau werden«, schüttelte Hagen den Kopf.
Er würde es sicher nie werden, schließlich war er zum wiederholten Mal geschieden.
»Das ging aber schnell«, grübelte Ira beim Auto fahren.
»Keine Woche ist der Alte tot, schon hat der Bürgermeister zugegriffen. Jetzt kann er sein geliebtes Gewerbegebiet machen.« Ira war stolz auf sich, dass ihre Vermutung, die sie Jim gegenüber verlauten ließ, korrekt war. »Ich lag also richtig. Der Tod von Herrn Klein war auf jeden Fall lohnenswert für Witwe und Gemeinde.«
Ira parkte ihren alten Chevy Pick-Up im Hof und wollte gerade zur Haustür gehen, als ihr ein Gedanke durch den Kopf schoss. »Mal ein bisschen Hintergrundrecherche vor der Gemeinderatssitzung machen ist ja nicht verboten.«
Ira drehte sich auf dem Absatz um und ging auf die Straße. Vor dem Klein'schen Haus gegenüber parkte ein Auto. Ira blieb stehen und überlegte, was sie jetzt tun sollte. Denn es war wieder mal der rote Golf vom Bürgermeister.
Der Zufall wollte es, dass gerade in diesem Moment eine Katze sich an Ira ranschlich, sich genüsslich an ihren Beinen rieb. Gerade wollte Ira die Katze verscheu-

chen, da kam ihr die Idee. Behutsam ging sie in die Knie – und zu ihrer Überraschung ließ sich die Katze sogar streicheln. Leicht angewidert nahm Ira die Mieze schließlich auf den Arm. Immer noch das orange-gelbe Fell streichelnd, ging sie zum Haus und klingelte bei Frau Klein. Die Katze spielte mittlerweile erfreut mit dem extravaganten Ohrring von Ira.
»Hör auf, oder ich mach einen guten Braten aus dir«, raunzte Ira das Vieh an.
Als Antwort und sichtlich beeindruckt ob der Drohung schmiegte sich die Katze mit einem genüsslichen »Miau« an Iras Jacke. Ira war leicht verblüfft. Hatte sie doch ein großes Herz für Hunde, dafür keines für Katzen. Und dieses Exemplar schien ihr dennoch etwas abgewinnen zu können.
»Ausnahmen bestätigen die Regel«, dachte sich Ira.
Hinter der Wohnungstür nahm sie schemenhaft eine Gestalt war.
Schon ging die alte Tür ging auf, begleitet von einem widerlichen Quietschen.
»Na, da hat sich wohl ein Tropfen Öl verklemmt«, diagnostizierte die junge Journalistin.
Eine leicht angesäuselte Frau Klein lächelte ihr entgegen. Sie hatte wohl schon mehr als einen Nachmittagscocktail zu sich genommen.
»Oh, Frau Nachbarin, das ist aber eine Überraschung.«
Mit dieser Äußerung hatte sie trotz einer nicht unbeträchtlichen Promille-Zahl sicher recht. Denn seit Ira vor drei Jahren hergezogen war, hatte sie sich nie blicken lassen. Und nun, innerhalb einer Woche, stand sie bereits zum zweiten Mal vor der Tür.
»Entschuldigung, Frau Klein, ich möchte nicht stören.

Ich hab' nur ihre Katze vor meiner Haustür gefunden, und ich glaube, sie hat was an der Pfote.«
Ira ärgerte sich, dass ihr keine bessere Ausrede eingefallen war. Denn, dass es dem Wollknäuel auf ihrem Arm gut ging, sah jeder Blinde mit Krückstock.
»Das ist aber sehr lieb von Ihnen. Ich bringe meinen kleinen Schatz gleich auf ihr Stammkissen. Da kann sie sich ausruhen.« Frau Klein nahm ihr die Katze aus dem Arm.
»Wollen Sie nicht reinkommen, die Frau Bürgermeister ist auch da«, wurde Ira von der schon fast lallenden Nachbarin eingeladen.
Natürlich ließ sich Ira nicht zweimal bitten, hatte sie doch gehofft, diese Worte zu hören. Sie trat ein. Der Katzen- und Sagrotangeruch setzte sich bereits penetrant in ihrer Nase fest. »Egal, ich muss mich nachher sowieso desinfizieren.«
Ira ging wild entschlossen ins Wohnzimmer und traf dort neben zwei Likörgläsern auch die ziemlich verblüffte Frau Bürgermeister an.
»Oh, ich wollte ohnehin gerade gehen,« fuhr Frau Schneider wie von der Tarantel gestochen hoch.
Ohne weitere Worte zischte sie an Ira vorbei, durch den engen Türrahmen durch und schließlich entschwand sie durch die quietschende Haustür.
»Was ist denn mit der los. Die hat ja völlig vergessen ihr ewiges Lächeln aufzusetzen«, staunte Ira.
Weiter kam sie mit ihrer Überlegung nicht, denn Frau Klein hatte »ihren Liebling« versorgt und nahm direkten Kurs auf sie. »Ich hab' wieder leckeren Kuchen von der Frau Bürgermeister bekommen«, forderte sie Ira auf, Platz zu nehmen.

»Na, das kann ja heiter werden«, setze sich Ira widerwillig hin.
»Ich bin ja so glücklich«, säuselte ihr Frau Klein entgegen. Mittendrin entfuhr ihr ein beachtenswerter Rülpser und eine halbe Flasche Kirschlikör begab sich in Gasform auf den Weg in Iras Gesicht. Gerade noch ihre eigene Hand von einer instinktiven Wedelbewegung abhaltend, erkundigte sich Ira höflich nach dem Grund der Freude.
»Obwohl es eine lange Warteliste im Seniorenheim und den betreuten Wohnungen gibt, hat mir die Frau Bürgermeister einen Platz besorgt«, erläuterte Frau Klein. »Wissen Sie, ich bin doch jetzt ganz allein«, fügte sie an. Ira kannte mindestens zwei Bürger aus Heckenbach, die auf besagter Liste standen – und kam mächtig ins Grübeln. Sie verabschiedete sich mit einem vielsagenden Blick auf die Uhr. »Um Gottes willen, schon wieder so spät. Entschuldigung Frau Klein, die Arbeit wartet.«
Wieder daheim wusste Ira nicht so recht, was sie mit den vier Stunden anfangen sollte, die ihr bis zur Sitzung blieben. Da fiel ihr die Folterkammer ein, die im Nachbarort vor kurzem eröffnet hatte. Am Morgen war Ira in ihre frischgewaschene Jeans geschlüpft – oder hatte zumindest den Versuch unternommen. Beim aussichtslosen Unterfangen, den Bund über die Hüftknochen zu ziehen hatte sie zwar einen Nagel verloren, dennoch blieb der Stoff an den Schenkeln hängen. Ira wusste, dass die Hose nicht im Trockner seine ursprüngliche Größe verloren hatte, sondern sie selbst entschieden zuviel Pizza und Käselaugenstangen in sich hineingestopft hatte. Also nahm sie sich ein Herz, setzte sich ins

Auto und fuhr in die Folterkammer. Denn so nannte sie ja insgeheim das Fitnessstudio. Frohen Mutes, mit Duschgel, T-Shirt, Trainingshose und Handtuch in der Sporttasche, eroberte sie das Studio.
»Hoffentlich treffe ich niemand Bekanntes«, wünschte sie sich.
Irgendwie kam sie sich bereits jetzt etwas dünner vor, angesichts der Laufbänder, Cross-Trainer und Stepper.
»Guten Morgen, ich sollte mal was für meine Figur tun«, eröffnete sie freundlich dem Studioangestellten.
Sogleich wollte sie sich in eine der Umkleidekabinen verziehen, um dem inneren Schweinehund möglichst schnell zu zeigen, wer eigentlich der Boss war. Aber der Fitnessguru hinter der Theke, die vollgestellt mit Vitamin-Drinks, Molke mit Orangengeschmack und ähnlichem Zeugs drapiert war, rief sie zurück.
»Bevor Sie bei uns trainieren müssen sie einen Gesundheits-Check machen«, instruierte sie der Muskelprotz auf dem designten Barhocker.
»Bewegung, Herz- und Kreislauf sowie Kraft und Kondition müssen geprüft werden. Nicht zu vergessen die Messung des Körperfett-Gehalts.«
»Da hätte ich ja gleich zu meinem Hausarzt gehen können«, war Iras Tatendrang doch ziemlich gebremst.
»Sie können durch unkoordiniertes Training viel falsch machen – und das wollen wir doch nicht«, warnte der Studioinhaber.
Ira gab mit wachsendem Missmut Angaben zu ihrer körperlichen Verfassung. Der Blutdruck wurde gemessen und der Gang auf die Waage folgte.
»Da könnte ruhig ein bisschen was herunter«, näselte der Fitnesstrainer.

»Glückwunsch, dass du da jetzt schon draufkommst«, wurde Ira immer ärgerlicher.
»Und ihre Oberarme sehen doch ziemlich schlaff aus«, quengelte er weiter.
»Du mich auch«, konterte Ira, wiederum in Gedanken. In diesem Augenblick kam eine junge Dame aus der Umkleidekabine.
Statt einer grauen Trainingshose, wie sie Ira im Gepäck hatte, trug sie eine lilafarbene Strumpfhose. Das schwarze Höschen verflüchtigte sich inmitten der beiden strammen Pobacken und ward nicht mehr gesehen. Der Oberkörper präsentierte sich in einem zarten Braunton, und ein winziges Spaghetti-Träger-Hemdchen verhüllte mehr oder weniger die Oberweite. Der Lippenstift spiegelte dieselbe Farbe wie die Strumpfhose wider, und die Wimpern erzeugten dank zu viel Wimperntusche einen schwerfälligen Schlafzimmerblick.
»Ich fang heut' mal mit dem Cross-Trainer an…«, kündigte das Geschöpf in leicht gelangweiltem Ton an.
»Uihhh, die kann ja richtig reden«, war Ira denn doch erstaunt. Gleichzeitig glitt sie vom Barhocker, faselte etwas von einem vergessenen Termin und flüchtete in den Chevy.
Nein, so hatte sie sich den Gang ins Fitness-Studio nicht vorgestellt.
»Da muss man ja richtig durchtrainiert sein, bevor man überhaupt Mitglied werden kann«, war sie sich sicher. Denn wenn sie eins nicht leiden konnte, dann waren es mitleidige Blicke von jungen Damen mit strammem Po. Ira war etwas empfindlich, was die Konkurrenz betraf. Denn irgendwie war ihr ein gutes Gespräch immer

wichtiger gewesen als ihre Figur. Das musste sie jetzt büßen. Doch sie war Frau genug zu erkennen, wann man seine Grenzen erreicht hat. So fuhr sie wildentschlossen zum nächsten Klamottenladen und kaufte ein. Die Hosen in der Tüte waren eine Nummer größer als noch beim letzten Einkauf.
Um überhaupt noch etwas sinnvolles an diesem Tag hinzubekommen bevor die Arbeit wieder rief, wollte Ira noch schnell eine Grippeimpfung durchführen lassen. Also fuhr sie nicht direkt mit ihren XL-Jeans nach Hause, sondern steuerte die Praxis von Doktor Leible an.
»Es tut mir leid, aber Sie müssen sich noch etwas gedulden. Der Herr Doktor ist zu einem Notfall gerufen worden.«
Mit entschuldigendem Blick sah die Sprechstundenhilfe von Iras Hausarzt, Dr. Leible, die junge Journalistin an.
»Na ja, da kann man nichts machen«, antwortete Ira mit einem Lächeln. Doch sie ärgerte sich ein wenig, auf ein überfülltes Wartezimmer hatte sie nun wirklich keine Lust. Zumal ihr gesundheitlich nichts fehlte, sondern lediglich die alljährliche Grippeimpfung anstand. Resigniert nahm Ira den kühlen Metallgriff der Tür zum Wartezimmer in die Hand.
»Wo zum Henker steht eigentlich, dass man immer auf Zehenspitzen ins Wartezimmer geht«, fragte sie sich-auf Zehenspitzen eintretend.
Der Blick in die kleine Runde zeigte einen jungen Mann und eine junge Frau. Ira setzte sich, darauf bedacht, dass sie jeweils rechts und links von sich noch einen freien Stuhl hatte. Denn irgendwo schien ja auch

geschrieben zu stehen, dass man in einer Arztpraxis nicht aufrückt...
Eine junge Prinzessin mit der Mafia verbandelt, eine Frau, die erfolgreich den Brustkrebs durch bloßen Willen überstanden hat, ein Schlagersänger der als Weiberheld bekannt ist und nun exklusiv gegenüber dem »Silbernen Letter« zugibt, eigentlich schüchtern zu sein.... Ira blätterte gelangweilt die Yellow-Press-Magazine durch.
»Dass es überhaupt irgend jemand gibt, der sich für diesen Quatsch interessiert?«
Resigniert griff Ira zur einzigen Zeitung, von deren Titelseite keine leichtbekleidete Dame mit angeborenem Dummblick dem Leser entgegen strahlte. Doch leider hatte sie das Wirtschaftsblatt gegriffen. Leitartikel: »Kann es mit Deutschland noch weiter bergab gehen?«
»Logo«, dachte Ira, »solange Musikproduzenten nicht aufhören, ihre Lebensbiografie drucken zu lassen und solche Menschen wie die, die mit mir hier sitzen, nicht bei der Arbeit sind.«
Iras Blick fiel auf den jungen Mann gegenüber. Die Augenringe waren sicheres Indiz für eine gigantische Party am Wochenende. Wie auf Kommando ging die Hand des Gegenüber in Richtung Magengrube.
»Na, eins der dreißig Bierchen gestern war wohl schlecht«, amüsierte sich Ira insgeheim.
Und auch die junge Dame links von ihr schien wirklich sterbenskrank. Sie zog mit der rechten Hand eifrig den Lippenstift nach, und griff mit der anderen in die Handtasche, die am Stuhl lehnte. Geschickt angelte der Marylin-Monroe-Verschnitt nach einem Taschen-

tuch. Fein säuberlich wurde die Nase geputzt - und das gebrauchte Tuch wieder in die Handtasche zurück befördert. Sexy fuhr sich die Blondine durchs Haar - und der Trick gelang. Sie erhielt die ganze Aufmerksamkeit des jungen Mannes gegenüber - und er dafür ein aufreizendes Lächeln. Da ging die Tür auf, und die Sprechstundenhilfe rief die junge Dame ins Behandlungszimmer. Flugs hatten sich die Hände aus der Mähne befreit und wanderten gen Wirbelsäule. Aus dem soeben noch aufreizenden Blick wurde das personifizierte Leiden, und ächzend erhob sie sich.

»Mein Rücken bringt mich heute wieder um, so kann ich nicht zur Arbeit gehen,« verkündete sie.

Mit ihr entschwand eine gigantische Parfumwolke aus dem Wartezimmer.

Ira blieb mit dem jungen Mann zurück. Dieser war nach einem kurzen Erwachen seiner Libido wieder völlig in sich zusammengesackt. Das spöttische Grinsen von Ira war ihm nicht entgangen, und seine Augen suchten einen Punkt in der Zimmerecke. Anscheinend völlig fasziniert musterte er schließlich die weiße Raufasertapete.

»Nein wirklich, das hätte ich jetzt aber nicht gedacht«, polterten plötzlich zwei ältere Frauen ins Zimmer.

»Die verstoßen glatt gegen die Regeln und sprechen laut«, sah Ira den beiden bass erstaunt entgegen.

Aber die hatten nur Augen für sich, setzten sich auf zwei nebeneinander gestellte Stühle - noch ein Regelverstoß - und quasselten munter weiter.

»Wie meinen Sie jetzt das«, blickte die eine, Frau Wacker, die andere, Frau Schniepp, fragend an.

» Ja wie soll ich es denn schon meinen, das liegt doch

völlig klar auf der Hand«, raunzte ihr Frau Schniepp entgegen.
»Die ist doch froh, dass der Alte unter der Erde liegt. Jetzt kann sie seine Rente verprassen und so viel Likör in sich reinschütten wie sie will.«
»Das können Sie doch so nicht einfach behaupten.«
»Wenn ich es doch sage«, Frau Schniepp riss der Geduldsfaden.
Dabei schüttelte sie so wild mit ihrem dauergewellten Haar, dass sich eine kleine schwarze Haarklammer selbständig machte. Sie hatte durch den Ruck eigenmächtig ihre Lage von der Horizontalen in die Vertikale verlegt.
»Jetzt ist sie auf Empfang, die Antenne ist zumindest gut ausgerichtet. 36 Sat-Programme sind somit garantiert, herzlichen Glückwunsch«, hatte Ira Mühe, nicht laut loszuprusten.
»Die Klein ist doch mit allen Wassern gewaschen. Das einzige was die jemals richtig gemacht hat, war ein Kind zu bekommen. Allerdings will dieses mit ihr schon lange nichts mehr zu tun haben.«
»Jetzt sind Sie aber ungerecht, neulich hat sie sogar was in den Opferstock getan«, erwiderte Frau Wacker kleinlaut – und der Heiligenschein blinkte immer heller. Listig fügte sie jedoch an: »Wenn ich es mir recht überlege, sieht sie aber in letzter Zeit wirklich richtig gut aus.«
»Haben Sie es jetzt auch begriffen«, blaffte Frau Schniepp zurück.
»Jetzt kann sie in ihr betreutes Seniorenzentrum einziehen und muss keinen Finger mehr krumm machen. Dafür wird Frau Schneider schon sorgen.«

»Was hat jetzt aber die mit ihr zu tun«, machte sich ein ziemlich dümmlicher Gesichtsausdruck auf dem Gesicht von Frau Wacker breit.
»Na, die hat ihr doch das Gelände abgeschwatzt, auf dem das neue Gewerbegebiet entstehen soll«, gab Frau Schniepp zurück, mit ihrer Geduld sichtlich am Ende. »Das habe ich zumindest beim Bäcker gehört«, schob sie wissend nach.
Ira war plötzlich hellwach und versteckte sich mit gespitzten Ohren hinter ihrer Wirtschaftszeitung. Dass sie seit bestimmt fünf Minuten auf denselben Artikel starrte, fiel niemand auf. Doch da stand auch schon die Sprechstundenhilfe im Zimmer, schnappte sich den jungen Mann und die wissende Frau Wacker gleich dazu. »Gerade wo es interessant wird«, ärgerte sich Ira. Frau Schniepp versank in dumpfes Brüten.
Eine fallende Stecknadel hätte man im Zimmer locker hören können. Und so hielt sich plötzlich wieder jeder an die Regeln im Wartezimmer.
Schließlich wurde Ira aufgerufen. Der Blick auf die Uhr verriet, dass nun bereits 30 Minuten ihres, aus ihrer Sicht ohnehin zu kurzen Lebens, vergangen waren.
»Mögen Sie eigentlich ihren Beruf in jeder Minute«, erkundigte sich die Journalistin bei Doktor Leible. Denn bevor Ira das Sprechzimmer betreten hatte, war eine ziemlich verärgerte Frau Wacker an ihr vorbei gerauscht. Sie hatte soeben erfahren, dass ihre Kur abgelehnt worden war. »Sie haben mich zu wenig unterstützt«, warf Frau Wacker Doktor Leible an den Kopf. Er wiederum erinnerte sie daran, dass sie diesen Winter vier Monate auf Mallorca verbracht hatte – was sich mancher Kurgänger nie und nimmer leisten könnte…

»Nicht in jeder Minute, aber sehr oft«, beantwortete Leible Iras Frage lächelnd.
»So, und für Sie einmal Grippeimpfung«, stellte er anerkennend fest.
»Jawohl Herr Doktor«, gab Ira spitzbübisch lächelnd zurück. Den Ärmel bereits hochgeschoben bot sie ihrem Arzt den linken Arm. Er war Leser der Zeitung, für die Ira am meisten schrieb. So war es denn nur normal, dass er sie ab und zu auf Termine ansprach. Doch heute sprach er mit äußerst väterlichem Ton:
»Jetzt im Herbst sind die Straßen wieder voller Laub, bitte fahren Sie langsam«, bat er Ira.
»Sie aber auch«, gab Ira schlagfertig zurück. Denn sie wusste, dass der Arzt die ganze Region mit Hausbesuchen versah. Und wohl der Ansicht war, dass Ärzte im Einsatz sich nicht an Geschwindigkeitsbeschränkungen halten müssen. Er war ein Landarzt der alten Güte. Stets ein offenes Ohr - aber manchmal auch schmerzhaft direkt. Wie eben die »arme« Frau Wacker erleben musste.
»War Herr Klein ihr Patient?« erkundigte sie sich direkt.
»Schon mal was von ärztlicher Schweigepflicht gehört«, konterte der Arzt, den Zeigefinger erhoben.
»War einen Versuch wert«, blieb Ira achselzuckend keine Antwort schuldig. »Sie wissen aber schon, von wem ich spreche«, bohrte sie weiter.
»Natürlich, ich lese ja Zeitung«, gab der Arzt grinsend zurück. »Wenn er nun nicht erschossen worden wäre, hätte er bestimmt noch lange leben können«, mutmaßte Ira mit festem Blick auf Leible.
»Stimmt, das ist heute kein Alter«, nickte er.
»Und wenn er bei Ihnen Patient gewesen wäre, wäre er

bestimmt rundum gut versorgt gewesen«, machte Ira weiter.

»Natürlich, Gesundheitsvorsorge muss sein. Doch leider nehmen ältere Herren es mit der Vorsorge nicht immer so ernst.«

»War er etwa krank?« erkundigte sich Ira neugierig weiter.

Der Arzt blickte über seinen Brillenrand von unten nach oben Ira ins Gesicht.

»Wie gesagt, es geht doch nichts über die ärztliche Schweigepflicht«, bekräftigte er nochmals.

»Vielleicht war er deshalb immer so übel gelaunt. Wenn er eine schlimme Krankheit hatte, legte sich diese natürlich auf sein Gemüt«, plapperte Ira munter weiter.

»Manche Menschen gehen nicht zur Vorsorge und wundern sich dann auf einmal, wenn sie beispielsweise Darmkrebs haben. Und da geht es wirklich schnell bergab mit der Laune – und mit der Lebenszeit«, erläuterte Dr. Leible ganz allgemein.

Iras Gesichtsausdruck hätte in diesem Moment einen Unschuldsengel vor Neid erblassen lassen:

»Er hatte also nicht mehr allzu viel Zeit zu leben?«

»Was Sie aus meinen allgemeinen Äußerungen machen ist Ihre Sache«, sagte der Arzt streng. Doch sein abschließender Blick auf Ira sagte unausgesprochen, dass sie ins Schwarze getroffen hatte. Sie zwinkerte ihm zu, gab ihm die Hand, und sauste lächelnd aus dem Zimmer.

»Kann es wirklich sein, dass ein Mensch wegen einem Stück Land umgebracht wird?« fragte sich Ira beim Verlassen der Praxis. »Da können die Indianer ein Liedchen davon singen«, antwortete sie sich selbst.

»Immer nur über Tote nachdenken ist auch doof.« Mit diesem Gedanken betrat Ira wieder ihre Wohnung. Die Tasche mit den Jeans landete auf der Eckbank, und ihr Blick fiel auf einen Reiseprospekt. Seit Tagen hatte Ira die Leiche von Herr Klein vor Augen. Sie beschloss, dass auch andere Dinge im Leben wichtig seien. Beispielsweise zu entscheiden, wohin die nächste Urlaubsfahrt eigentlich gehen sollte. Ira liebte zwar Fünf-Sterne-Komfort, doch hatte sie auch nichts gegen ausschweifende Wandertouren auf Hawai einzuwenden. »Oder doch lieber mal wieder eine Städtereise?« ging es Ira durch den Kopf. Erinnerungen an den vergangenen Paris-Aufenthalt kamen ihr in den Sinn. Jim hatte sich zwar lange gesträubt, letztlich doch eingewilligt sie zu begleiten. So hatte sie ihn an einem frühen Morgen auf den Stuttgarter Flughafen geschleppt, und ab ging's mit der Air France in die Stadt der Liebe.

»Dieses Hotel ist doch einfach fantastisch«, hatte Ira über das alte Gebäude im Herzen Paris gleich bei der Ankunft geschwärmt.

»Hier spürt man noch das Flair des letzten Jahrhunderts.«

»Da brauch ich nicht groß meine Sinne anzustrengen, der Blick auf die maroden Installationen reicht vollkommen, Darling«, hatte Jim nörgelnd gekontert.

»Erinnerst Du Dich an die kürzliche Brandserie in Pariser Hotels?« wollte er partout ihre Urlaubslaune auf den Nullpunkt bringen.

»Schau mal, man sieht das Dach der Oper zwischen den beiden Häusern gegenüber durchschimmern«, überging Ira seine Spitze.

Sie schwebte wie im siebten Himmel durchs Zimmer,

während er im gleichen Moment über das Kabel der Stehlampe stolperte. Nein, diese Tage in Paris wollte sie sich um nichts auf der Welt vermiesen lassen.
Romantik war für Jim ein Fremdwort, er war eben ein Praktiker. Ira ließ sich die gute Stimmung jedoch nicht rauben, packte ihren kleinen Koffer aus und gönnte sich eine ausgedehnte Dusche. Mit Jim wollte sie sich in einer halben Stunde im Foyer treffen.
Zu Hause hatte Ira ein Ausflugsprogramm ausgetüftelt, das manchen Reiseveranstalter zum Nachahmen animiert hätte. Jeweils vor- und nachmittags hatte sie Ziele im Visier, vom Montmartre über den Louvre bis hin zur Besichtigung von Versailles. Während vor allem der Spiegelsaal des Sonnenkönigs Iras ganze Begeisterung erhielt, schwärmte Jim vom Netzwerk der Metro. Andächtig saß Ira im Notre Dame, während Jim sich erkundigte, ob die geistlichen Herren ihre Stromrechnung nicht bezahlt haben. »Oder warum ist es hier so dunkel«, hatte er sich bei ihr erkundigt.
Die Journalistin versuchte zwar eifrig, dem Amerikaner den gotischen Baustil nahe zu bringen, doch bemerkte Jim nur trocken: »Schön und gut, aber ich kann die Spitzbogen nicht sehen, es ist einfach nicht hell genug.«
Später, als das ungewöhnliche Paar staunend die Köpfe hinauf zur Brüstung des Triumphbogens erhoben hatte, war ihre Freundschaft vor eine harte Zerreißprobe gestellt worden. Ein Schild war schuld, das ganz unscheinbar an einer Säule hing. »264 Stufen«.
»Du glaubst doch nicht, dass ich da jetzt hochgehe«, warf Jim Ira einen ungläubigen Blick zu.
»Oooch bitte, lass mich nicht allein die steile Wendeltreppe hochgehen. Von da oben hast Du einen super

Ausblick auf die Stadt«, bettelte Ira – und setzte gekonnt ihre blauen Augen in Szene. Nach langem hin und her, aus dem Ira mal wieder als Siegerin hervor ging, willigte Jim ein. Gemeinsam wurden die Treppen erklommen. Oben angekommen pfiff Jim ein Liedchen – und Ira aus dem letzten Loch. Der Zigarettenkonsum zollte seinen Tribut...

Schlicht begeistert war Jim bei der bezaubernden Basilika am Montmartre, Sacre Coeur. Hier kam der Gute mal richtig ins Schwärmen. »Gigantisch, fantastic.« Allerdings nicht wegen dem hübschen Bau, sondern wegen der billigen Angebote der zumeist Schwarzafrikaner. Lederutensilien vom Gürtel bis zum Portemonnaie hatten sie im Angebot . Doch als sich plötzlich ein Polizist sehen gelassen hatte, durchzog ein schriller Pfiff die Luft und in Sekundenschnelle waren die Anbieter verschwunden gewesen.

»Jetzt weißt Du, warum die Verkäufer Mausefallenhändler heißen. Wenn ein Polizist kommt, klappen sie ihre Bauchläden wie eine Falle zu und weg sind sie«, erläuterte Ira. Jim stand dabei verblüfft auf den Stufen und hatte immer noch den Geldschein in der Hand gehalten. Wollte er doch gerade einen Gürtel erstehen. »Aber trotzdem ist es hier beautiful«, hatte ihr Jim geantwortet.

»Ach nee, wirst Du doch nicht dein Herz für die Kultur entdecken?« erkundigte sich Ira spitzbübisch. »No, aber hier kann man prima hinsitzen, schau mal da sind Bänke«, gab Jim grinsend zurück.

Nach vier Tagen waren Jim und Ira wieder sicher in Stuttgart gelandet. Und Ira konnte von dieser Städtereise ein ganzes Album mit Fotos bestücken.

»Und welche Motive bring' ich nach dem nächsten Urlaub im Album unter?« kehrte Ira wieder in die Gegenwart zurück.
Sie würde sich mit Jim beraten, denn mit ihm machte Urlaub einfach mehr Spaß als ganz alleine. Insgeheim hatte Ira bereits Schottland im Visier. Schmunzelnd stellte sie sich Jim mit einem Wanderrucksack samt Iso-Matte und Zelt auf dem Rücken vor. Wie er tagelang vor dem Loch Ness wartete, um einen Blick auf das wahrscheinlich ohnehin nicht existente Urvieh zu erhaschen. »Könnte ganz witzig werden«, war sich Ira sicher.

Ein Nickerchen in Gemeinderatssitzungen

Ira verdrängte wehmütig die Bilder der schottischen Highlands in ihrem Kopf und machte sich zur Gemeinderatssitzung in Heckenbach auf. Leider gab es nicht allzu viele Parkplätze vor dem altertümlichen Rathaus. Und bei Sitzungen hatte der späte Gast keine Chance mehr auf einen Platz. Ira steuerte ihren Chevy an den Straßenrand, etwa 20 Meter vom Rathaus weg. Eiligst lief sie zum Haus und direkt in den Sitzungssaal.

Dort angekommen, war das Mineralwasser in Iras Glas genauso still wie die Gemeinderäte. Ihre Blicke waren auf Bürgermeister Schneider gerichtet. Umständlich befestigte er zwei Pläne an der Wand. Dann setzte und räusperte er sich effektheischend.

»So, dann kommen wir jetzt zum einzigen Tagesordnungspunkt. Entschuldigung, dass ich so kurzfristig zu diesen Sitzung eingeladen habe, aber es geht um eine Sache, die sich nicht aufschieben lässt. Nämlich ums neue Gewerbegebiet.«

Ein leichtes Raunen ging durch die Stuhlreihen. Selbst Gemeinderat Kurt Wienert, der normalerweise die Sitzung nutzte, um schnell ein Nickerchen zu machen, fuhr kerzengerade auf seinem Stuhl hoch. Der Bürgermeister informierte darüber, dass erfreulicherweise nun doch das Grundstück durch die Gemeinde erworben werden könne, das immer schon favorisiert gewesen sei.

Iras Blick auf das Gremium zeigte deutlich, dass zumindest der Bauauschuss bereits eine nichtöffentliche Besprechung hinter sich hatte. Denn keiner der Mit-

glieder erkundigte sich nach dem Grund der plötzlichen Offerte.
»Wie bereits besprochen, werden wir einen vorhabensbezogenen Erschließungsplan aufstellen, damit der Gewerbetreibende möglichst schnell bauen kann«, kündigte Schneider an.
»Na toll, wieder mal bereits hinter verschlossenen Türen das Süppchen zu Ende gekocht«, ging es Ira durch den Kopf.
»Sag mal, weißt du um was es geht?« neigte sich der Kollege vom Konkurrenzblatt zu Ira am Pressetisch hinüber. »Ich denke, in Heckenbach macht endlich ein Puff auf«, gab Ira bärbeißig zurück.
Sie hatte keinerlei Lust mit dem lieben Kollegen Gerhard Mander ein Gespräch anzufangen. Zumal seine Knoblauchfahne schon wieder gen Himmel stank. Zu Beginn der Sitzung hatte er ihr genauestens erläutert, wie lange er das Fleisch in der Knoblauchsoße im Kühlschrank ziehen gelassen hatte.
»Was soll denn da hin kommen?« durchbrach plötzlich Gemeinderat Wienert die Stille. Er hatte wohl in der nichtöffentlichen Sitzung mal wieder durch Abwesenheit geglänzt. Was ihn jetzt mehrere Augenpaare samt Giftblicken spüren ließen. Unsensibel wie er nun mal war, ließ er jedoch ungerührt der Blicke nicht locker:
»Kommt da der Discounter hin, über den wir schon mal gesprochen haben?«
Ira hätte es nicht gewundert, wenn sich der sonst so träge Bürgermeister von seinem Stuhl erhoben und sich in Kurt Wienerts Hals verbissen hätte. Zumindest wirkte seine Stimmung so auf die Journalistin. Denn das letzte bisschen Farbe war aus seinem Gesicht gewi-

chen und er knirschte hinter wahrscheinlich gefletschten Zähnen hervor:
»Das ist eine nichtöffentliche Sache, ich erkläre es später. Namen werden hier nicht genannt!«
Während er diese Worte hervorstieß bekam der Bürgermeister immer mehr Ähnlichkeit mit dem Rottweiler vom Bäcker.
»Endlich mal eine interessante Sitzung«, lauschte Ira belustigt den Worten des Bürgermeisters.
»Wir sollten jetzt über meinen Vorschlag zur Aufstellung eines vorhabensbezogenen Erschließungsplans abstimmen«, forderte Schneider auf. »Vorteil dieses speziellen Plans ist, dass es lange nicht so viel Zeit braucht, das Vorhaben auf eine ordentliche, rechtliche Grundlage zu stellen wie bei einem Bebauungsplan«, erinnerte er das Gremium.
Bis auf Wienert waren alle Gremiumsmitglieder dafür. Nur er enthielt sich der Stimme und saß mürrisch auf seinem Stuhl, die beleidigte Leberwurst spielend.
»Die öffentliche Sitzung ist hiermit beendet«, warf Bürgermeister Schneider Zuhörer und Presse offiziell raus.
Vor dem Rathaus standen die handvoll Zuhörer beisammen. »Da kommt bestimmt so ein großer Markt hin,« mutmaßte ein älterer Herr. » Ja, so ein Allrounder«, trumpfte eine dauergewellte Dame wohl mit ihrem einzigen englischen Wort auf.
»Aber das bedeutet dann das Aus für den kleinen Supermarkt in Wollstein«, gab eine andere Dame zu bedenken.
Ira musste dieser Aussage zustimmen, denn der Nachbarort Wollstein war bislang quasi das Einkaufspara-

dies für die Heckenbacher Bürger. Ohne Probleme liefen sie mit Einkaufstrolli und Regenschirm bewaffnet in den Nachbarort, um ihre Einkäufe zu tätigen. Und, dass ein Discounter seit geraumer Zeit auf Grundstückssuche in der Region war, war hinlänglich bekannt.
»Ist da was dran, du wohnst hier doch?« erkundigte sich Kollege Mander bei Ira.
Doch sie zuckte nur die Schulter und antwortete wie gewohnt: »Ich bin blond und hab' außerdem noch blaue Augen. Was kümmert es mich, was in diesem Ort abgeht. Ich bin hier eh' nur zum Schlafen.«
»Aber du hast doch bestimmt davon Wind gekriegt«, ließ er nicht locker.
»Recherchiere doch was du willst, ich geh' jetzt heim. Mach's gut, und putz dir möglichst schnell die Zähne«, raunzte Ira zurück, während sie sich andeutungsweise die Nase zuhielt. Sie ließ den Kollegen stehen und ging im Knoblauchrausch zu ihrem Chevy.
»Vor Vampiren ist der heute sicher«, mutmaßte sie.
Der Artikel in der Zeitung blieb am nächsten Tag nicht ohne Wirkung. Zufällig war im Nachbarort Wollstein an diesem Abend Gemeinderatssitzung. Ira war seit Beginn ihrer Arbeit bei der Lokalzeitung Stammgast in den Sitzungen. So hatte sie auch heute auf den unbequemen Stühlen in dem alten Rathaus Platz genommen. Bürgermeister Gunnar Stock sah aus, als hätte er die Tollwut. Zwar war der Schaum vor seinem Mund ein reines Fantasiegebilde von Ira, doch es hätte durchaus real sein können.
»Und das muss man aus der Zeitung erfahren, das ist doch die Höhe«, verlor der Schultes fast die Beherrschung.

Er erinnerte an das berühmte HB-Männchen aus der Werbung, als er über die Grundstückspolitik des seit jeher konkurrierenden Nachbarorts Heckenbach sprach.
»Jetzt tut's gleich 'nen Knall, und ihn hat's verrissen«, war sich Ira sicher. Der Bürgermeister von Wollstein hatte auch allen Grund sauer zu sein. Schließlich war auf seiner Gemarkungsfläche keinerlei Erweiterung für Wohn- geschweige denn Gewerbebauten möglich. Stets erinnerte ihn die Naturschutzbehörde daran, dass sein Ort umgeben sei von Landschafts-, Naturschutz- und Wasserschutzzonen. Was jedoch Ira sehr verblüffte war, dass der normalerweise sehr reservierte Gunnar Stock so dermaßen aus der Haut fuhr – und das auch noch wenn die Presse anwesend war. Sie konnte die Gedanken des Bürgermeisters lesen, schließlich bedeutete ein Discounter im Nachbarort wirklich das Aus für seinen eigenen, kleinen Supermarkt am Ort.
»Zwar gibt es niemand zu, doch kaufen die Leute eben erfahrungsgemäß dort wo die Ware am billigsten zu erstehen ist«, überlegte Ira. So würde also nicht nur die Kaufkraft, sondern auch ein Gewerbesteuerzahler über kurz oder lang aus Wollstein verschwinden.
Ansonsten war die Sitzung eher langweilig, und Ira sehnte sich nach einer Pizza. Baugesuche flutschten durch wie Öl, das Gremium hatte sichtlich keine Lust mehr zu debattieren. Alle wirkten ein wenig apathisch. Der Zweispalter war schnell gefüllt mit sehr entschärften Infos zum Ausbruch des Bürgermeisters bezüglich der Neuigkeiten aus dem Nachbarort.
»Der Tote und das neue Gewerbegebiet stehen in unmittelbarem Zusammenhang«, erläuterte Ira ihrem

Chef. »Geht mit dir nicht deine Fantasie durch?« erkundigte sich Fritz Hagen am Telefon.
»Nein, das liegt doch klar auf der Hand«, erläuterte Ira.
»Wenn in Heckenbach in solch guter Lage, quasi auf der grünen Wiese, die genug Parkfläche und ähnliches bietet, ein Discounter kommt, hat Wollstein die Arschkarte gezogen. Und Bürgermeister Schneider kann sich als Held vor seiner Gemeinde hervortun. Schließlich müssen die Bürger somit nicht mehr in den Nachbarort zum Einkaufen. Er hat in der letzten Zeit schlicht nichts hinbekommen, und die Wahlen stehen vor der Tür. Da ist dieses Gewerbegebiet für Schneider so was wie ein Sechser im Lotto.«
»Dann hat vielleicht dein Bürgermeister den alten Herren erschossen«, witzelte Fritz Hagen unverhohlen.
Ira überhörte seinen Sarkasmus. Wieder einmal ging ihr der Satz vom Jim mit dem Auftragskiller durch den Kopf. »Aber wir sind hier nicht in Palermo, sondern in Heckenbach«, schalt sie sich selbst.

Bankangestellte und ihre herrlichen Bilanzen

Ira hatte das dringende Bedürfnis in Ruhe nachzudenken. Da hielt sie es wie Hercule Poirot, der belgische Meisterdetektiv in den Agatha Christie-Büchern: Sie brauchte Ruhe. Zuhause angekommen, schnappte sie sich ihren Wäschekorb und verschwand in den Keller.
»Könnte auch mal wieder aufgeräumt werden«, ärgerte sie sich über das katastrophale Durcheinander. Osterdekoration tummelte sich da zwischen Weihnachtsbaumkugeln, eine Springform war mit Blumenzwiebeln gefüllt. »Hier sieht es aus wie in meinem Kopf, ein tierisches Durcheinander.« Ira öffnete ihren Wäschetrockner und verhalf der darin liegenden Wäsche ans Tageslicht. Neulich erst hatte sich ein Geschäftsmann, der gern als Sponsor auftrat - und auch als solcher permanent in der Zeitung stehen wollte - sehr verwundert darüber gezeigt, dass sie neben der vielen Arbeit auch noch einen Haushalt hatte.
»Sie werden doch wohl eine Hilfe haben, Sie sind doch kaum daheim. Ihr Gatte wird sicher im Haushalt mithelfen«, hatte der Gute im Brustton der Überzeugung festgestellt.
Ira hatte ihm versichert, dass sie sehr gut alleine zurecht komme. In Gedanken fügte sie bei dem Dialog noch hinzu: »Ich muss nicht verheiratet sein um saubere Wäsche im Schrank zu haben, Du borniertes A...«
Mit dem vollen Wäschekorb stapfte Ira wieder in ihre Wohnung. Kaum oben angekommen, klingelte auch schon wieder das Telefon. Dran war der Chefredakteur einer Wirtschaftszeitung, in der Ira sporadisch einen

Auftritt hatte. Werner Hauff erkundigte sich bei ihr, ob sie nicht einen Termin bei der Bank übernehmen könnte. Kurz vor knapp, wie gewohnt. »Eigentlich wollte ich mir heute eine Auszeit gönnen«, gab Ira kläglich zu.

»Ach was, Du musst aus deinem Kaff raus und unter richtige Menschen«, konterte Werner.

»Und warum willst Du mich dann auf einen Banktermin schicken«, neckte Ira zurück.

Doch insgeheim hatte sie bereits den Termin zugesagt. Sie wusste, dass Werner nur so kurzfristig anrief, wenn ihm selbst etwas dazwischen gekommen war. Außerdem gab dieser unerwartete Termin ihrer getrockneten Wäsche die Gelegenheit, sich selbst zusammenzulegen und in den Schrank zu hüpfen. »Äußerst verlockender Gedanke«, grinste Ira.

Um 19 Uhr sollte das Pressegespräch sein, folglich hatte Ira noch eine Menge Zeit sich vorzubereiten. Sie schrieb sich alle Namen der Vorstandsmitglieder und ähnliches, terminspezifisches auf. »Lieber gut vorbereitet als hinterher dumme Fragen stellen«, war stets ihre Devise.

Doch plötzlich fiel ihr der schwarze Blazer ein, den sie bei solchen Terminen gern trug. »Mist, der ist ja noch in der Reinigung - und das seit mindestens zwei Wochen«, schoss es ihr in den Kopf. Durch den Toten und das Gewerbegebiet war ihr der Blazer völlig entfallen. Stellte sich jetzt nur die Frage, wo der Abholschein war. Ira durchsuchte ihren Schreibtisch, doch schließlich gab sie auf.

»Keine Chance, da kann ich ja gleich die Nadel im Heuhaufen suchen«, war sie sich sicher.

Ira war zwar in ihrer Recherche gründlich, aber ihr Haushalt hätte jeder Hausfrau einen Herzinfarkt beschert. Ira beschloss, ohne Abholschein ihr Glück zu versuchen.

»Komisch, zur Zeit verlieren irgendwie viele Kunden ihren Abholschein«, stellte die brünette Dame in der Reinigung verblüfft fest.

»Erst gestern kam sogar die Frau Bürgermeister ohne Schein. Natürlich haben wir aber den Anzug für den Gatten dennoch gefunden«, beeilte sie sich zu sagen.

Ira war leicht verwundert, denn ihrer Ansicht nach war gerade Frau Schneider ein Musterbeispiel für Ordnung.

»Ist sie vielleicht doch ein Mensch«, grinste Ira in sich hinein. Und da kam auch schon die Brünette freudestrahlend um die Ecke, Iras Blazer triumphierend vor sich her tragend. Eilig raste Ira nach Hause, denn die passende Hose musste noch gebügelt werden…

»Die Aktiengeschäfte entwickeln sich etwas verhaltener als im Vorjahr. Doch insgesamt ist unsere Mitgliederzahl durch die Fusion deutlich angestiegen. Die Dividende wird sich in diesem Jahr auf erfreuliche fünf Prozent belaufen…«

»Bla, bla, bla,« … Banktermine waren nicht so ganz Iras Sache. Irgendwie gelang es den Vorstandsmitgliedern doch immer wieder »heile Welt« vorzugaukeln. Obwohl die Karre längst im Dreck steckte und die Genossenschaftliche Bank sich nur durch großangelegte Fusionen mit anderen Stadtbanken überhaupt noch über Wasser halten konnte. Allerdings gab es da auch eine Ausnahme. Denn die Bank auf dem Berg oben, hatte erst letzte Woche verkünden lassen, dass sie ihre

Hauptgeschäftsstelle für zwei Millionen erweitern, beziehungsweise aufstocken werde. Ira hatte diese Tatsache gerne gelesen, handelte es sich doch um die Bank, die durch manche Fusion mit anderen ländlichen Banken mittlerweile zur größten Konkurrenz des Hauses, in dem Ira über die Dividende aufgeklärt worden war, hochgestiegen war. Und da Ira nun mal eine Schwäche fürs Landleben hatte - und auch für die dort Lebenden, freute sie sich insgeheim. Sie verglich Stadt und Land gerne mit der biblischen Situation von David und Goliath. Und wer da gewonnen hat, ist schließlich bekannt.

»Red' doch einmal Klartext, gib doch zu, dass es nicht nur der ganzen Welt mies, sondern dieser Bank ebenfalls schlecht geht«, wünschte sich die junge Journalistin.

Denn sie konnte sich vage erinnern, dass noch vor zwei Jahren sieben Prozent Dividende an die Mitglieder ausbezahlt werden konnte. Und jetzt nur noch fünf Prozent im Angebot waren.

»Was soll's, dann lügt Euch doch selbst in die Tasche«, dachte sie sich.

Jedoch laut sprechend, ließ sie einen herzlichen Dank für die umfangreiche Pressemitteilung los. Hände wurden geschüttelt und ein Foto gemacht, dann ging's wieder ab zum Computer ins heimische Heckenbach.

Dank der Presseunterlagen machte der Artikel Ira nicht sonderlich Mühe, eine halbe Stunde später blinkte bereits am Monitor von Werner Hauff das Zeichen »e-mail eingegangen« auf. Postwendend rief er Ira an:

»Du bist ein Schatz«, dankte er ihr für den schnell gesandten Artikel samt Bild.

»Ich bin voll im Stress, heute Nacht gehen wir in Druck. Was das bedeutet, weißt Du ja«, erläuterte er Ira.
»Oh ja«, antwortete Ira.
Und im Geiste sah sie die zahlreichen Redakteure und Bildbearbeiter samt Techniker völlig neben sich durch die Produktion rennen. Nur noch Wortfetzen wurden dann ausgesandt:« Seite 3?«
»Fertig.«
»Anzeige auf 5?«
»Vergiss es, wurde storniert.«
»Denk an die Reportage auf Seite 2«.
»Und denk an die Insolvenz, die muss unbedingt noch mit!«
Ira schlug hierbei stets vor, doch endlich ein Schild und einen Zaun anzubringen. Frei nach dem Motto: »Bitte nicht füttern«.
Eben Hektik und Stress pur. Und dennoch schaffte es Werner jeden Monat eine Zeitung zu produzieren, derer sich eine immer größer werdende Leserschaft erfreute. Es muss wohl nicht extra erwähnt werden, dass Werner Hauff der Schrecken aller Redakteure und Techniker war. Denn er konnte noch fünf Minuten vor Druck eine Eilmeldung schreiben – und wollte die dann natürlich im Blatt haben. Möglichst auf Seite eins! Nur mit Ira kam er irgendwie gut aus. Sie verzieh ihm regelmäßig, dass er immer auf die letzte Minute anrief. Und irgendwie hatte sie vor ihm Achtung. Diese brachte schließlich er auch ihr entgegen.
Im Gegensatz zu anderen Kollegen kam er auch schon mal mit Lob rüber, oder lud spontan zu einem Abendessen ein. Seine Art der Wiedergutmachung für seine chaotische Ader.

»Also, dann ruf das nächste Mal etwas früher an«, verabschiedete Ira sich von Werner.
»Klar«, war seine etwas zu schnelle Antwort.
»Glaub ich nicht, glaub ich nicht«, lachte Ira ins Telefon. »Vorher können Schweine fliegen.«
Werner grunzte als Antwort mächtig ins Telefon und legte dann ebenfalls lachend auf.
Ira konnte sich wieder ihrer Wäsche widmen. Denn die hatte die Frechheit besessen, sich keinen Millimeter aus dem Korb in Richtung Kleiderschrank zu bewegen.
Bügeln machte Ira mindestens genau so viel Spaß wie etwa Fenster putzen, sich mit dem Chef streiten oder Migräne zu haben. Kurzum, sie hasste es. Dennoch musste hie und da eben nun mal etwas in Form gebracht werden. Ira versuchte partout, dem Bügeleisen ihren Willen aufzuzwingen. Doch dieses sträubte sich oft genug mit eiserner Beharrlichkeit dagegen. Und immer wenn Ira meinte, endlich eine ordentliche Falte in das Hosenbein gebügelt zu haben, entdeckte sie daneben auch noch eine zweite.
»Mein ich das nur, oder grinst mich diese blöde Falte an?« grübelte Ira.
Mit ernstem Blick widmete sie sich ihrer Hose:
»Wenn du jetzt nicht aufhörst mich zu ärgern, musst Du in die Reinigung. Dort wird dir dann so eins übergebraten, dass Du hinterher echt platt bist«, drohte Ira dem Stück Stoff vor sich.
»Toll, jetzt red' ich schon mit einer Bügelfalte.«
Kopfschüttelnd musste sie dann doch grinsen. Plötzlich blickte Ira auf. Ihre grauen Gehirnzellen machten Überstunden. So bemerkte sie auch nicht, dass Jim soeben den Raum betreten hatte.

»Hat der Chevy jetzt aufgehört permanent eine Ölspur hinter sich her zu ziehen?« erkundigte sich Jim.
Doch als sein Blick auf Iras Gesicht fiel, zuckte er nur mit den Schultern: »Wenn Du Deine Gedanken wieder uns Erdlingen zuteil werden lässt, melde Dich einfach kurz bei mir in der Garage.«
Ira schien ihn nicht gehört zu haben. Sie brabbelte nur ständig die gleichen Worte vor sich hin: »Zug«, »abholen«.

Mühlenkunst und eine Leiche

»Die Frau muss ja mindestens 130 Jahre alt sein«, stellte Ira amüsiert fest.
»Du bist doof«, kam prompt die nicht minder amüsierte Antwort aus dem Telefon.
Keine Frage, nicht nur der gleiche Humor verband Ira und Anne, die seit einiger Zeit zusammenarbeiteten. Anne war Redakteurin für eine Spezialseite in der Zeitung. Ständig im Stress, ständig im Auto unterwegs, aber dennoch immer bereit für ein Späßchen. Sie hatte dieselben Gene wie Ira – zumindest was die Arbeit anbelangte. Und vor allem arbeitete sie gerne mit Ira zusammen, die für ihren prompten Service und ihre Recherchierfreudigkeit bekannt war. Schließlich war Ira unter anderem auch wegen der monotonen Arbeit in der Großredaktion in Stuttgart in die Provinz gezogen. Als freie Journalistin konnte sich sich für Reportagen Zeit nehmen. Und musste nicht am Monitor eingesandte Manuskripte redigieren. Eben solche Reportagen verlangte Anne immer wieder von ihr – einer Forderung, der Ira stets sehr gerne nachkam.
»Alles klar, bis Ende dieser Woche hast Du die Story«, versprach Ira und legte auf.
Anne war an sie herangetreten, ob sie nicht einmal eine Geschichte über die Mesnerin von Heckenbach machen wolle. Zumal die oder der Mesner im Ort seit Bestehen der 103-jährigen Kirche immer auf denselben Nachnamen hörte – Schmid. Ira freute sich auf das Gespräch. Sie hatte ohnehin eine Schwäche für das Gotteshaus. Es war zwar erst knapp über 100 Jahre alt, aber seine

Entstehungsgeschichte war dafür um so interessanter. Hatten es doch die Protestanten in Heckenbach schlicht satt, sechs Kilometer zum Gottesdienst in den Nachbarort zu gehen. So begannen sie Geld für eine eigene Kirche am Ort zu sammeln – und halfen beim Bau sogar eigenhändig emsig mit. Eine beachtliche Leistung, die Iras volle Anerkennung fand. Dankenswerter Weise fehlte es dem Gemäuer an Prunk und Protz, dafür hatte es eine schöne, heimelige Ausstrahlung.
Ira griff erneut zum Telefon und machte den Gesprächstermin mit der Mesnerin ab. Diese freute sich, und versprach, einige lustige Geschichten parat zu haben.
Der Blick auf die Uhr verriet Ira, dass es nun Zeit war, sich auf die Socken zu machen. Ein wunderschöner Abendtermin erwartete sie. Eine Vernissage, zu der gleich acht Künstler gemeinsam einluden. Kulturredakteur Hans Seifert hatte sie darauf angesetzt, wohlwissend, dass Ira ihre helle Freude daran haben würde. Zur Feier des Tages schlüpfte Ira in einen schwarzen engen Stretchrock und eine knallrote Bluse. Dazu genehmigte sie sich schwarze, hochhackige Pumps.
Mit Fotoapparat, Block und guter Laune ausgestattet, setzte sich Ira in ihren Wagen und brauste los. 30 Kilometer Fahrt galt es zu bewältigen, bis sie schließlich die abschüssige Straße, die eher einem Feldweg glich, zum Ausstellungsort hinabrollte. Es handelte sich um eine alte Mühle, die zur selben Zeit erbaut worden war, als Christoph Kolumbus Amerika entdeckte. Diese Mühle hatte ein Schreinermeister in liebevoller Kleinarbeit restauriert und saniert. Da er eine künstlerische Ader hatte, lud er nun einmal im Jahr zu einer ganz besonde-

ren Ausstellung in den ungewöhnlichen Räumen ein. Er legte hierbei Wert darauf, dass mehrere Künstler gleichzeitig ihre Exponate ausstellten.
Dementsprechend war auch das Publikum auf der Vernissage vielschichtig. Ira betrat die kleine Brücke, die über den Mühlbach führte und lief Mühlenbesitzer Thomas Blaue direkt in die Arme.
»Schön, dass Du es geschafft hast«, freute sich dieser sichtlich über Iras Kommen.
»Davon hätte mich nichts abgehalten«, versicherte ihm Ira lächelnd.
Sie würde nie vergessen, wie ihrer beider erstes Zusammentreffen ausgesehen hatte. Im Auftrag von Anne musste Ira eine Reportage über die Restauration der Mühle schreiben. Was sie gerne tat, zumal sie sich wieder in einer Reportage ergehen konnte. Damals, vor drei Jahren, hatte Ira erst seit kurzem bei der Lokalzeitung als freie Journalistin angefangen – und gab sich besonders viel Mühe für ihre Auftraggeber. So war sie denn gleich mehrfach zur Mühle gefahren, um mit Fotos die laufenden Arbeiten dokumentieren zu können. Bei diesen Besuchen war ihr Thomas Blaue ans Herz gewachsen. Er war ein Idealist wie aus dem Bilderbuch. Glaubte noch an das Gute, hatte Visionen, und vor allem handwerkliches Geschick. Er war bei ihrem ersten Termin aus der verwitterten Haustür der Mühle getreten, mit schmutziger Arbeitshose und mit vom Gips weiß gefärbten Händen. Ira hätte sich spontan in ihn verlieben können, wäre seine Gattin und die Kinder nicht so zauberhaft gewesen. So genoss sie lediglich seine Freundschaft – und die der ganzen Familie.
Die Vernissage war ein voller Erfolg, viel Schulterklop-

fen gab es für die Künstler. Und am romantischen Lagerfeuer saßen die Stammgäste noch lange beisammen. Nur widerwillig löste sich Ira schließlich aus der lustigen Runde und trat den Heimweg an. Hundemüde legte sie sich, kaum angekommen, ins Bett und schlief wie ein Murmeltier.
Pünktlich um acht Uhr am nächsten Morgen stand Ira vor der Kirche, wartete auf die Mesnerin. Ihren Chevy hatte sie zuhause gelassen. Die überflüssigen Pfunde und die neue Jeans hatte sich ihr irgendwie ins Hirn eingebrannt, und so nahm sie geradezu heroisch die 400 Meter von ihrem Wohnhaus bis zum Gotteshaus zu Fuß auf sich.
»Bist Du krank?« hatte sich Jim verwundert erkundigt.
»Nein, nur gesundheitsbewusst«, hatte ihm Ira als Abschiedsgruß über die Schulter zugerufen.
»Wenn Du bis in zwei Stunden nicht wieder nach Hause gekommen bist, ruf' ich alle Krankenhäuser an«, hatte Jim lachend angekündigt.
Er wusste schließlich, wie gehfaul Ira war.
Unschlüssig blickte Ira auf die Tür, die schließlich in den Chorraum führte. Sollte sie einfach eintreten, oder auf die Mesnerin warten? Oder war diese vielleicht bereits drin? Kurzerhand öffnete sie das unverschlossene Kirchenportal und trat ein. Sonnenstrahlen fielen durch die hübsche Rosette und schienen den Altar zu erleuchten. Der Anblick faszinierte Ira. Als Hobbyfotografin mochte sie zu intensive Sonnstrahlen zwar nicht ob des störenden Schattenwurfs im Motiv, doch hier hatte es den Anschein, als hätte der liebe Gott das Licht angeknipst. Gleich daneben blickte Martin Luther zufrieden lächelnd auf sie als Wandbild herab. Ira genoss

den Anblick – und vor allem die Ruhe. Die Mesnerin war etwas unpünktlich, doch Ira hatte kein Problem damit. Sie nahm in der letzten Bank Platz und ließ ihren Blick umherschweifen. Das schlichte Jesuskreuz auf dem Altar, der hübsch gedrechselte Kerzenständer, die frischen Blumen daneben. Ein schönes Bild. Das Altartuch fiel blütenweiß über den Tisch – die Mesnerin hatte sichtlich ihre Aufgabe im Griff und führte diese mit viel Kreativität aus.

Mit einem Ruck flog die Kirchentür auf und Frau Schmid betrat die Kirche.

»Entschuldigung, bei mir war noch der Schornsteinfeger. Der kommt immer zur unpassendsten Zeit.« Ira beeilte sich zu versichern, dass sie gerne ein wenig allein in der Kirche war. »Die Ruhe hat mir gut getan«, gestand sie lächelnd.

Sichtlich beruhigt ging denn auch gleich der Puls der eifrigen Mesnerin langsamer und sie nahm neben Ira Platz.

»Die Kirche ist mein zweites Zuhause. Schließlich mache ich hier auch sauber, richte die Blumen, sorge für die passenden Altartücher und wische Staub – wie daheim auch.«

»Da brauch ich ja gar nicht mehr fragen, was Ihre Aufgaben sind«, dankte Ira für die Information.

»Mein Mann hat den Kerzenständer gedrechselt«, teilte Frau Schmid nicht ohne Stolz mit. »Er ist Hobbyhandwerker – und die Kirche profitiert davon.«

Gemeinsam erhoben sich die beiden Frauen von der Bank und schlenderten in Richtung Altar.

»Und die Stühle dahinter hat er ebenfalls restauriert. Sie sind so alt wie die Kirche – 103 Jahre«, plapperte die Mesnerin munter weiter.

»Davon könnte ich ein schönes Bild machen«, schoss es Ira durch den Kopf.
So machte sie nicht wie die Mesnerin vor dem Altar Halt, sondern lief um ihn herum. Wie angewurzelt blieb sie stehen, und ihre Gesichtsfarbe bekam plötzlich Ähnlichkeit mit griechischem Ziegenkäse.
»Was schauen Sie denn so, ich hab' doch gestern vor der Singstunde auch hinter dem Altar sauber gemacht«, witzelte Frau Schmid und näherte sich mit neugierigem Blick.
»Um Gottes Willen«, entfuhr es ihr. Ihre Blicke blieben am gleich Punkt wie die von Ira haften.
Eine junge Frau mit wasserstoffblondem Haar lag hinter dem Altar. Eine große Blutlache, die bereits geronnen war, umgab sie. Kein Zweifel, sie war schon längere Zeit tot, und nicht nur wegen ihrer Religiosität über Nacht in der Kirche geblieben.

Eine kleinlaute Journalistin

Die Lachfalten um Iras Mund hatten sich verflüchtigt. Stattdessen grub sich eine vertikale Falte auf ihrer Stirn immer tiefer in die Haut und reichte bis zur Nasenwurzel.

»Der alte Klein hatte seine besten Jahre hinter sich, aber diese junge Frau noch nicht«, grübelte Ira.

Zusammengekauert saß sie in der vordersten Kirchenbank, schien in eine andere Welt entrückt zu sein. Denn das Gewimmel um sie herum, erzeugt von Polizisten, Pfarrer, Mesnerin und Ermittlern auf Spurensuche nahm sie nicht wahr. Soeben zog ein älterer Mann mit Kreide die Umrisse der Toten nach.

»Mehr kann ich ihnen auch nicht sagen«, hatte Ira dem Polizisten versichert.

Ihn und seine Kollegen hatte die Mesnerin herbeigerufen, denn Iras Handy schlummerte in ihrem Auto süß vor sich hin. Und das hatte sie ja wegen des Gesundheitsbewusstseins stehen gelassen .

»Diesmal waren Sie sogar vor der Polizei am Ort des Geschehens, so langsam werde ich misstrauisch«, trat der Polizist mit erhobenem Zeigefinger an Ira heran.

Es war derselbe, den sie bereits beim Fundort von Herrn Klein und auch beim Brand in Monau angetroffen hatte.

»Für diese Art von Witz habe ich heute kein Verständnis«, konterte Ira.

»Nanu, Sie haben sonst doch so eine große Klappe«, wunderte sich der Polizist. Ira war nicht entgangen, dass er sehr darum bemüht war seinen Bauch während des Gesprächs mit ihr einzuziehen. »Armer Kerl, so eine Midlife-Crisis kann einen ganz schön fertig machen«, hätte sie ihn fast bedauert.

»Brauchen Sie mich noch?« ging Ira nicht weiter auf ihn ein. »Ansonsten geh ich jetzt nach Hause, Sie wissen ja wo Sie mich finden«.

»Kommen Sie morgen auf dem Revier vorbei, dann nehmen wir Ihre Aussage zu Protokoll«, nickte der Polizist.

»Sie sang im Kirchenchor mit und kam aus Weißrussland«, erläuterte die Mesnerin beflissen.

»Sie hieß Olga und wohnte an der Hauptstraße.«

Ihr Gegenüber schrieb alle Informationen geduldig in ein kleines Notizbuch.

»Die weiß wenigstens mehr als diese Journalistin«, schoss es ihm befriedigt durch den Kopf.

Denn Ira musste passen. Sie wohnte zwar in Heckenbach, doch eigentlich hatte sie keinen Kontakt zu den Menschen. Und während die Mesnerin zum wiederholten Mal das Auffinden der Leiche höchst dramatisch und mit immer mehr Ausschmückungen von sich gab, trollte Ira zu Fuß nach Hause. Sie hatte das dumpfe Gefühl, dass beide Morde miteinander zu tun hatten.

»Oder sind wir jetzt nicht mehr in Heckenbach sondern in Sodom?« fragte sie sich.

»Darling, was tust Du schon da?« wunderte sich Jim nicht schlecht, als Ira in seiner Garage auftauchte.

Die Sorgenfalte auf der Stirn entging ihm nicht, auch nicht die Schweigsamkeit der sonst so quirligen Dame.

»What's up«, schob er nach. Ira blickte ihn aus ihren tiefblauen Augen an wie ein kleines Mädchen. Nur langsam schilderte sie das Erlebte, stockte immer wie-

der. Jim lauschte ihren Worten, während er sich die ölverschmierten Hände wusch.
»Ich mach uns einen Coffee«, beschloss er aufmunternd. »Ja, den kann ich jetzt brauchen«, dankte Ira für seine Gabe, wohl Gedanken lesen zu können.
Gemeinsam gingen sie in Jims Zimmer über der Garage und Ira kuschelte sich auf das Sofa. Ihre Blicke trafen sich, und sie schienen beide dieselben Gedanken zu haben. Denn Jim bemerkte:
»Ich glaube nicht, dass urplötzlich alle Mörder sich in Heckenbach aufhalten. Sondern eher, dass es sich um ein und denselben handelt.«
Ira warf jedoch ein: »Was hat der Alte mit der jungen Russin zu tun?«
»Das wird die Polizei herausfinden«, vertraute Jim auf die Staatsgewalt. »Das kann dir egal sein!« fügte er fast warnend an.
Doch ein Blick in Iras Gesicht zeigte ihm, dass die Warnung an ihrem hübschen Kopf abprallte.

Sängerqualitäten im Auto

Der Blick in ihren Kühlschrank verriet Ira, dass sie nun die Wahl hatte: Entweder ab sofort eine Nulldiät zu machen, oder den nächsten Supermarkt aufzusuchen. Sie entschied sich spontan zu Zweiterem. Sie schnappte sich ihren Geldbeutel und fuhr in den Einkaufsmarkt. Hier wurde ihr ohnehin sehr zarter Geduldsfaden auf eine harte Probe gestellt. Vor ihr mühte sich eine Dame ab, die Dinge in ihrem Einkaufswagen aufs Band zu legen. Jedoch in Zeitlupe. Als dann auch noch die Kassiererin sie um den angefallenen Betrag bat, schaute die Kundin diese völlig verblüfft an. »Hier muss man zahlen, so was aber auch«, ging es Ira durch den Kopf. Während die Schlange an der Kasse immer länger wurde, durchsuchte die Kundin in aller Ruhe ihre Taschen, bis sie schließlich den Geldbeutel herauszog. Und zu allem Übel kruschtelte sie auch noch den kompletten Betrag in Münzform heraus. Iras war kurz vor einem Schreikrampf, als sie endlich selbst an die Reihe kam. Glücklich wieder zurück am Auto angekommen, packte sie ihr Eingekauftes auf die Ladefläche des Chevys und schwang sich schließlich auf den Fahrersitz.

Sie stellte ihr nagelneues Radio an. Aber sie hatte mal wieder nicht aufgepasst, als ihr Jim dessen Funktionen erläutert hatte. Statt ihren Lieblingssender zu hören, plärrte Heino »Schwarzbraun ist die Haselnuss« aus dem Äther. Wütend schaltete Ira das Ding wieder aus und begann leise vor sich hin zu summen. Hierbei wurde sie jedoch von Bruce Springsteen unterbrochen. Mit »Dancing in the dark« meldete sich dann doch noch ihr Lieblingssender zurück – sie hatte statt den »Aus« Knopf zu betätigen den Suchlauf aktiviert. Zufrieden sang Ira lautstark mit. Dabei entging ihr, dass der Herr im Wagen vor ihr verblüfft den Rückspiegel anvisierte. Er hörte zwar die Musik nicht, sah aber wie Ira inbrünstig in ein imaginäres Mikrophon hineinsang. So geschah es, dass sowohl der Vordermann als auch Ira die mittlerweile auf grün umgesprungene Ampel übersahen – und ein Hupkonzert von den nachfolgenden Karossen als Beifall erhielten… Beide erschraken, Bruce Springsteen zog sich aus dem Radio leise zurück, und Ira zuckte schuldbewusst mit den Schultern. Als sie dann auch noch im Wagen vor ihr den sichtlich amüsierten Ingenieur Klaus Wurzel erkannte, hatte sie nur noch einen Wunsch: »Erde, tu dich auf!«

Obduktion mit Überraschung

Ein Blick auf die Uhr verriet Ira, dass sie noch etwas Zeit hatte bis zum nächsten Termin. So lenkte sie ihren Chevy in die Parklücke und schlenderte zum Bäcker gegenüber. Die Tasse Kaffee tat ihr gut, und sie konnte ihren Gedanken ein wenig Freiheit schenken. Die junge Chorsängerin Olga baute sich vor ihrem Geist auf. In einer Blutlache liegend, sah sie immer noch hübsch aus – wenn auch auf eine etwas bizarre Weise. Ira griff kurzentschlossen zum Handy und rief bei der Pressestelle der Polizei an.

»Wurde bereits eine Obduktion durchgeführt?« erkundigte sie sich. »Ja«, war die knappe Antwort.

»Aber eine Pressemitteilung haben wir noch nicht rausgelassen weil uns das nötige Personal fehlt. Ich muss das später noch tippen«, jammerte der Polizei-Pressesprecher in die Muschel.

»Aber Sie können mir doch schon mal sagen, ob es etwas Ungewöhnliches gegeben hat«, forderte Ira auf. »Steckt da am Ende die russische Mafia dahinter, oder ähnliches?« wollte Ira ihm etwas aus der Nase ziehen.

»Nein, eigentlich nichts Ungewöhnliches. Der Tod trat wohl gegen 23 Uhr ein, sie hat also die ganze Nacht im Altarraum gelegen.«

Das hatte sich Ira bereits gedacht, zumal das Blut in der Lache stark geronnen war. Ira ärgerte sich über fehlende Neuigkeiten.

»Ach ja, fast hätte ich es vergessen. Die junge Dame war im dritten Monat schwanger«, schob der Polizist noch nach.

Ira zuckte merklich zusammen. Angewiderter hätte ihr Gesichtsausdruck nicht sein können. »Dann war es ja eigentlich Doppelmord«, polterte die junge Journalistin ins Handy.
»So kann man es sehen«, bestätigte der Polizist.
Ira hatte Mühe, den Kaffee nicht gleich wieder zurück ans Tageslicht zu befördern. Diese Nachricht schlug ihr auf den Magen. »Hat wohl der Mörder von der Schwangerschaft gewusst?« fragte sie sich eher selbst als den Mann am anderen Ende der Leitung.
»Man hat ja noch nichts gesehen«, bezweifelte der allerdings spontan.
Ira beschloss, gleich nach ihrem nächsten Termin in die Redaktion zu fahren. Sie wollte sich mit Fritz Hagen über die neue Leiche unterhalten – und grünes Licht für eigene Recherche in dieser Sache abholen.

Die Leiden eines Chorleiters

»Mann, Du wohnst ja in einem äußerst gefährlichen Nest«, stellte der Chefredakteur leicht sarkastisch fest. »Pass' bloß auf, dass Du Deine Tür auch immer gut zumachst, wenn Du zu Hause bist«, empfahl Fritz Hagen. Ira suchte vergebens den Witz an der Sache und blieb ernst.

»Das ist doch nicht normal. Erst ein toter Rentner, dann eine tote schwangere Russin«, gab sie zurück. Sie blickte Hagen ins Gesicht, das heute wieder besonders knittrig erschien. Er hatte eine gewisse Ähnlichkeit mit einem Basset – zumal er sich auf einen ganz besonders treuen Hundeblick verstand.

»Hat wohl wieder in der Redaktion übernachtet«, mutmaßte sie.

»Also gut, Du bist unsere Frau vor Ort. Schwing die Hufe und schau, ob Du was rauskriegst über die Hintergründe«, gab er ihr grünes Licht für weitere Recherche.

»Also, ich häng' mich dran«, machte sie sich bereit, das Büro des Chefs zu verlassen.

»Aber lass' dich nicht von deinen Dörflern einwickeln. Bleib' objektiv«, warnte Fritz Hagen eindringlich.

»Und denk an den Kunstverein, da musst du auch noch hin!« rief Vera ihr beim Verlassen der Redaktion hinterher.

Jim strahlte übers ganze Gesicht. »Ich hab' im Internet einen alten Unimog ersteigert. Morgen hol' ich ihn ab«, flötete er Ira entgegen. Wieder mal war Ira belustigt, über was für Dinge sich Jim wie ein kleines Kind freu-

en konnte. »Glückwunsch«, konterte sie – und rauschte zur Haustür.
»Nanu, Du hast es aber eilig«, staunte er.
»Ich hab' gleich einen Termin beim Vorsitzenden des Kirchenchors. Da will ich nicht zu spät kommen«, antwortete Ira.
»Mädel, ist es nicht besser, wenn Du Deine hübsche Nase aus der Sache raus hältst?« erkundigte sich Jim besorgt.
»Nö, das ist schließlich mein Job«, gab Ira zurück. »Ich wäre eine schlechte Journalistin, wenn ich nicht bei zwei Morden recherchieren würde, die direkt vor meiner Nase passieren.« Mit diesen Worten erklomm Ira zwei Stufen auf einmal, um in ihre Wohnung zu gelangen.
Nicht gerade erfreut blickte sich Ira in ihrem Kleiderschrank um. Auf der Suche nach einem weißen T-Shirt stieß sie auf den Badeanzug, den sie vor Monaten verzweifelt gesucht hatte. Als der liebe Gott die Ordnung unter den Menschen verteilt hatte, war Ira wohl gerade nicht anwesend gewesen.
»Wenn Mama das jetzt sehen könnte«, grinste sich Ira eins. Und griff nach einem roten T-Shirt. Flugs zog sie sich um und eilte in die Kirche, um den Vorsitzenden des Chores zu treffen.
»Was könnte ich Ihnen erzählen«, schaute Kirchenchorleiter Hubert Backes etwas unsicher aus der Wäsche.
Er erläuterte, dass Olga vor zwei Jahren aus Weißrussland nach Heckenbach gekommen war.
»So ein liebes Mädel mit so einer glockenklaren Stimme«, schilderte er bedauernd.
»Sie hätte demnächst ein Solo beim Gemeindefest ge-

sungen, jetzt muss ich nach Ersatz schauen oder das ganze Programm umwerfen«, zerfloss er in Selbstmitleid.
»Heuchler«, schoss es Ira angewidert durch den Kopf. Da war eine junge Frau ermordet worden und er machte sich Sorgen um ein Gemeindefest!
»Sie lebt bei ihren Eltern, sehr nette Leute«, informierte Backes weiter. »Sehr religiös«, schob er zufrieden nach.
Ira wusste genug und hatte auch keine Lust mehr, sich mit diesem Herren weiter zu unterhalten. Doch er ließ sie nicht eher gehen, bevor sie ihm nicht eine Ankündigung in der Zeitungsrubrik »Veranstaltungen« für sein Gemeindefest zugesagt hatte.
Schnurstracks ging sie zum Elternhaus von Olga und klingelte. Eine etwa 50-jährige Frau mit vom vielen Weinen geröteten Augen öffnete ihr. Ira stellte sich vor - und wurde sofort eingelassen. Die Mutter Olgas schien stolz zu sein, jemand von der Lokalpresse beherbergen zu dürfen. Aus einem Samowar goss sie Ira Tee in eine Tasse, bot ihr sogar Kekse an.
»Dem Herren hat es gefallen, unsere Tochter zu sich zu nehmen«, bemerkte sie unterwürfig.
Ira konnte über so einen tiefen Glauben nur staunen. Olgas Mutter erzählte von ihrer Tochter, auf die sie immer sichtlich stolz gewesen zu sein schien. Gut in der Schule, hatte ihre Olga sogar eine Ausbildung als Verwaltungsangestellte im örtlichen Rathaus bekommen. Ira wunderte sich, dass sie Olga noch nie bei einem ihrer zahlreichen Besuchen im Rathaus zu sehen bekommen hatte.
»Sie musste viel auf die Schule nach Stuttgart«, kam

die prompte Antwort. »Sie hatte ein sehr gutes Verhältnis zu unserem Bürgermeister«, erläuterte Olgas Mutter stolz.

»Dass überhaupt jemand mit diesem Langweiler sehr gut auskommen kann, wundert mich«, überlegte Ira.

Ohne Vorwarnung schoss ihr wieder der Zettel in den Kopf, den die Spurensucher neben der Leiche von Herrn Klein gefunden hatten. »Zug«, »Abholen«.

Wieso fiel ihr das gerade jetzt ein? Sie bekam noch ein Bild von Olga, sodass sie einen Artikel über die ermordete Frau schreiben konnte. Nachdem sie der Mutter von ganzem Herzen ihr Beileid ausgesprochen hatte, verabschiedete sie sich. Sie stieg wieder in ihren Chevy und brauste davon.

Der nächste Termin in der Stadt wartete auf sie. Die Kunstausstellung, an die sie in der Redaktion erinnert worden war, stand an.

Ira liebte fast nichts so sehr wie den städtischen Kunstverein. Nein, nicht wegen der Exponate, sondern wegen den Besuchern auf diversen Ausstellungen in der vereinseigenen Galerie. Die ganze Welt des alltäglichen Wahnsinns vereinigte sich dort auf wenigen Quadratmetern. Kunstbeflissene Professoren mit weißem Lagerfeld-Schwänzchen unterhielten sich mehr oder weniger gesittet – je nachdem wie vorgerückt die Stunde war – mit unglaublich unterbelichteten Ehefrauen. Singles mit stellenweise beeindruckenden hutartigen Gebilden auf den Köpfen mimten die personifizierte Intellektualität. Und Gastredner schilderten ein meist langweiliges Leben des jeweils ausstellenden Künstlers in phantasievollen Facetten. Da wurde aus einem schnöden Strichmännchen-Grundschulbild schon mal

ein »hoffnungsvolles surrealistisches Erstlingswerk«.
Der Unterschied zwischen der Ausstellung in der Mühle und der Vernissage in der kleinen Galerie in der Stadt war unglaublich. Ira tauchte voll in die Kunstwelt ein, genoss die argwöhnischen Blicke der Gäste, die sich fragten, wer diese Frau denn eigentlich war. Denn in der Stadt war Ira eher selten anzutreffen, sie machte lieber Landtermine.
Hie und da gab es natürlich auch bekannte Gesichter. Die Gattung Vernissagebesucher, die erst richtig in Fahrt kommt, wenn endlich das kalte Buffet eröffnet wird. Und die arme Ira, die eigentlich Pizza als Speise verehrte, fragte sich angesichts der Appetithäppchen mal wieder, was es denn eigentlich zum Essen geben würde.
»Also dieser avantgardistische Hauch ist einfach nicht zu übersehen«, stellte eine Besucherin überzeugt fest.
Die schwarze Boa um ihren dicken Hals konnte die üppigen Pfunde nicht wirklich kaschieren. Und die Schwimmreifen unter der schwarzen Corsage wogten bei jedem Schritt mit überzeugender Symmetrie hin und her.
»Nein, für mich ist diese dunkle Stelle ein Zeichen für die depressive Phase, in der der Künstler zum Zeitpunkt dieser Arbeit steckte«, konterte ein Herr mit grauem Baskenmützchen. »Und für mich ist es einfach ein schwarzes Loch«, befand Ira in Gedanken.
Sekt wurde gereicht, und eine bereits sehr angeheiterte dürre Dame griff herzhaft zu.
»Normalerweise verabscheue ich Alkohol, aber heute will mein Kreislauf einfach nicht so wie ich will«, versicherte sie dabei. Doch Ira hatte da so ihre Zweifel. Denn die rote Nasenspitze sang ein anderes Liedchen.

»Du alte Schnapsnase, wie lange erzählst Du diese Story eigentlich schon?« fragte sich Ira.
Kurz gesagt, Ira war voll in ihrem Element. Sie schlich umher und schnappte manches mehr oder weniger wichtige Gespräch auf. Da fiel ihr Blick auf den Künstler. Neben ihm stand seine Gattin, für ihren dicken Geldbeutel bekannt – den der Künstler gleich mitgeheiratet hatte. Auf der anderen Seite des Künstlers stand eine dümmlich aussehende schwarzhaarige Madonna. Deren Augen weitete sich plötzlich, und ihre vollen Lippen formten ein »O«. Ob es nun an der Künstlerhand, die sich auf ihrem Hintern befand, oder an dem soeben eintreffenden Kreditberater der Bank lag, sollte wohl immer ein Geheimnis bleiben.
Ira machte sich noch ein paar Aufzeichnungen über die Vita des Künstlers und verzog sich aus dem elitären Kreis. Der Kulturredakteur hatte sie um einen kurzen Vernissage-Bericht gebeten, wobei Ira dank ihrer stetigen Beobachtungen ohne Probleme ein ganzes Buch hätte schreiben können. »Aber wer würde schon die Wahrheit lesen wollen«, fragte sie sich. Denn über die ausgestellten Exponate, um die es ja eigentlich ging, hätte der Leser ob der interessanten Besucher nur am Rande erfahren.
Auf dem Weg zum Ausgang stellte sich plötzlich ein Mann in Iras Weg. »Hey, Baby, du willst doch nicht schon gehen?« erkundigte sich der rotgelockte Kollege Patrick vom Konkurrenzblatt.
»Nanu, du hier? Du hast doch von Kultur keine Ahnung«, schleuderte ihm Ira entgegen.
Sie erzielte die volle Punktzahl, denn das Gesicht des lieben Kollegen fiel augenblicklich in den Keller.

»Jetzt werd' bloß nicht frech«, raunze er sie an. Ira zuckte mit der Schulter und ließ ihn stehen.
»Nur weil er für die Kulturseite zuständig ist braucht er nicht zu meinen, dass er das Zeug zum Kunstkritiker hat«, grinste Ira in sich hinein.
In Heckenbach angekommen, gönnte sich Ira erst mal einen Becher herrlich süßen, dampfenden Kakao. Dazu mampfte sie Käsecräcker. Amüsiert fiel ihr ihre Mutter ein. Die hätte jetzt bestimmt wieder einmal kopfschüttelnd festgestellt, dass das Töchterchen an Geschmacksverirrung litt. Ira war froh, nicht mehr in der Großstadt bei der Verwandtschaft, beziehungsweise Familie zu wohnen. Und der Besuch der Lieben beschränkte sich nur auf Geburtstage und auch schon mal ein Weihnachtsfest. Ira passte nicht in die Welt des wohlgeordneten Stumpfsinns. Sie war nun mal nicht der Typ, der sich beim Kaffeekränzchen, Skatspielen oder beim Tratschen über die Nachbarschaft wohlfühlte. Ihr war es schnurz, ob der Bewohner gegenüber die Zeitung prinzipiell im Schlafanzug aus dem Briefkasten nahm. Oder auch ob etwa die Nachbarin ihre Wegsteine vor dem Haus nach diversen Pflanzaktionen mit der Wurzelbürste sauber machte. Doch weswegen Ira eigentlich aus der Stadt aufs Land gezogen war, wollte sie sich insgeheim nie eingestehen.
Es lag nämlich an der lieben Freundin, die ihr den Freund ausgespannt hatte. Zugegeben, Ira war selten zu Hause und liebte ihre Arbeit über alles. Aber, dass Sybille ihr nicht nur ihren Chris, sondern auch den ganzen Bekanntenkreis wegnahm, zog Ira damals glatt den Boden unter den Füssen weg. Alle schauten sie fortan mit komischem Blick an, und Ira hatte das dumpfe

Gefühl, keine Luft mehr zu bekommen. Es hatte sich herausgestellt, dass alle Bescheid wussten über das neue Pärchen. Nur Ira hatte nicht erkannt, dass Chris ihr mächtige Hörner aufgesetzt hatte. Schnell konnte Ira das augenscheinliche Glück des neuen Paares nicht länger auf diversen Partys in Stuttgart ertragen.
»Schatzi, bringst Du mir noch was zu trinken?« – »Gern, mein Mäuschen.«
So kam es, dass sich Ira an die einzige richtige Freundin, Helene, erinnerte, die vor langer Zeit mit ihrem Amerikaner Jim aufs Land gezogen war.
Und Ira folgte ihr schließlich vor wenigen Jahren. Sie trennte sich von ihrer Familie und dem Pseudo-Freundeskreis. Ein Kündigungsschreiben flatterte dem Chef in der Großstadtredaktion auf den Tisch, und Ira war in Heckenbach untergetaucht.
Mit Blick auf die Kaiserberge wachte sie jeden Morgen auf. Und genoss den Anblick jeden Tag aufs Neue. Bei ihrer Ankunft in Heckenbach wusste sie allerdings nicht, dass ihre Freundin Helene ihr etwas Entscheidendes vorenthalten hatte. Nämlich, dass sie an Brustkrebs litt. Und so hatte es Ira denn auch ziemlich eiskalt erwischt, als Jim ihr sagte, dass Helene im Krankenhaus lag – mit einer Lebenserwartung von etwa noch einer Woche.
Beim Besuch in der Klinik versprach Ira schließlich der Todkranken, sich um Jim zu kümmern. Was sie denn auch tat. Doch mittlerweile fragte sich Ira oft, wer sich denn hier eigentlich um wen kümmerte.

Gute Kontakte – im Sinne der alten Zeiten

»Was sagen Sie dazu, dass eine Ihrer Angestellten ermordet wurde?« blickte Ira Bürgermeister Schneider ins Gesicht. Sie war bereits früh aufgestanden und hatte sich bei den Vorzimmerdamen im Rathaus einen Termin geben lassen. Sie wollte dem Schultes, wie mit dem Chefredakteur besprochen, kräftig auf den Zahn fühlen. Der Schultes kam ihr heute etwas blass um die Nase vor. Steckte hinter der arroganten Fassade doch ein Mensch?

»Das mit Olga ist natürlich äußerst bedauerlich«, stellte Schneider zugeknöpft fest.

»Also doch kein Mensch«, urteilte Ira. Zumal der Bürgermeister die Tatsache, dass seine Angestellte ermordet worden war, wohl gefühlsmäßig mit dem Platzen eines Reissackes in China verglich.

Beim Betreten seines Büros war Ira fast mit Frau Schneider zusammengerappelt. Diese warf ihr einen äußerst hochmütigen Blick zu, vergaß sogar ihr einen schönen Tag zu wünschen, und entschwand in Richtung Ausgang. »Seltsam, normalerweise ist doch ihr Lächeln festgefroren. Hat Sie es heute im Kühlschrank vergessen?« hatte sich Ira gefragt.

Doch wo sie nun den arroganten Bürgermeister in seinem piekfeinen Anzug gegenüber hatte, wunderte sie sich nicht mehr über die Gefühlskälte des Paares.

»Da haben sich zwei gefunden«, dachte sie sich.

»Wenn Sie sonst keine Fragen haben«, warf er Ira halb aus seinem Büro hinaus. »Ich hab' gleich einen Notartermin«, schob er beflissen nach.

Nachdem Ira einen kleinen Umweg über die Tankstelle gemacht hatte, schloss sie schließlich ihre Haustür auf und es drang auch schon das Läuten des Telefons an ihr Ohr. »Der Tag fängt ja wieder gut an«, beeilte sich Ira kopfschüttelnd in ihre Wohnung zu gelangen.
»Kannst Du mir noch schnell eine Vorankündigung zum Dorffest in Kirchbach machen«, erkundigte sich Natalie Trotzki, die Redakteurin, die für Sonderveröffentlichungen und die neuesten Witze zuständig war, bei Ira.
»Klar, bekommst Du prompt«, versicherte die Journalistin. »Ich schau gleich, dass ich einen Termin bei Bürgermeister Stechlin bekomme«, versprach Ira. Schnell erzählte sie Natalie noch den neuesten Witz – denn die Beilagenredakteurin hatte nicht nur das Herz am rechten Fleck, sondern auch jede Menge Humor. Nach gemeinsamem Gelächter legte Ira auf. Um gleich wieder den Hörer hochzunehmen.
Kurzerhand wählte sie die Nummer des Rathauses in Kirchbach. Nach ein paar ausgetauschten Nettigkeiten mit der Verwaltungsangestellten bekam Ira auch gleich für den nächsten Morgen einen Termin. Wirtschaftsredakteur Werner Hauff hatte ihr eingeschärft, allerbeste Beziehungen zu Sekretärinnen, Verwaltungsangestellten und Hausmeistern zu pflegen. »Es weiß zwar kaum einer, aber diese Personen entscheiden oft über Leben und Tod«, hatte der Wirtschaftsredakteur ihr mit großer Dramatik erläutert. Und hatte mit dieser Behauptung auch recht. Denn zum einen waren die Damen im Vorzimmer meist die Chefs über das Terminbuch – und zum anderen hatten Hausmeister immer den Schlüssel für den Seiteneingang in der Ta-

sche. So konnte man bei einer Aufführung oder ähnlichem rasch aus der Halle verschwinden, ohne, dass es jemand mitbekam. Und gerade jetzt hatte Ira wieder von ihren guten Kontakten profitiert. Bekam sie doch bei Bürgermeister Stechlin Dank seiner Vorzimmerdame einen zeitnahen Termin, obwohl das Terminbuch überquoll.

Zufrieden mit sich selbst, und in Freude darüber, dass sie einen freien Nachmittag vor sich hatte, beschloss Ira, erst einmal einen ausgiebigen Spaziergang zu machen. Schon nach gut einem Kilometer hatte sie jedoch das dumpfe Gefühl, dass ihre Kondition bereits schlapp machte. Kurzerhand steuerte sie eine Baumgruppe an und machte es sich unter ihren Kronen gemütlich.

Da sie sich auf einen kleinen Anhöhe befand, stellte sich ihrem Blick in Richtung Berge nichts in den Weg. Friedlich thronten sie über der Stadt, in der sich die Redaktion von Ira befand. »Meine kleinen Highlands«, grinste Ira in sich hinein. Denn neben ihrer Freundin Helene hatte gerade die bezaubernde Landschaft der Schwäbischen Alb mit der Frickenhofer Höhe sie aus der Großstadt herausgelockt, hinein ins verschlafene Heckenbach. Sie liebte die Geschichten und Legenden, die in dieser Gegend scheinbar Schlange standen. Ein geheimnisvoller Ring, eine verschmähte Liebe, die einen Burgbrand mit sich zog und vieles mehr rankte sich um die Kaiserberge. Auf denen sich nicht nur die Touristen mit ihren Nordic-Walking-Stöcken wohl fühlten, sondern bereits das uralte Geschlecht der Staufer sich heimisch niederließ.

Der Wind wehte Ira um die Nase. Sie legte sich zurück ins Gras und genoss die frische Luft. Auch als sie dieses Plätzchen unter den Bäumen verließ, war das Gras noch bei ihr – dekorierte Rücken und Jeanshose. Nur die Erdflecken, sichtliches Zeichen, das es letzte Nacht wieder geregnet hatte, machten dem Gras Konkurrenz. Ira merkte nichts von dem, was sich auf ihrem Rücken abspielte. Erst zuhause, als Jim ihr ein Verhältnis mit einem Gärtner andichten wollte, zog sie mürrisch die schmutzigen Kleider aus und übergab sie der Obhut der Waschmaschine.

Nach einem gemütlichen Abend beschloss Ira, früh ins Bett zu gehen. Um sich ihrer Lieblingslektüre zu widmen: Agatha Christie. Schließlich war es einzigartig, wie Meisterdetektiv Hercules Poirot stets Captain Hastings auf den Arm nahm.

Am nächsten Morgen frühstückte Ira ausgiebig – was bedeutete, dass sie sich drei statt zwei Tassen Kaffee gönnte. Der Termin mit dem Bürgermeister in Kirchbach stand an.

»In Heckenbach ist ja ganz schön was los«, bemerkte Bürgermeister Fritz Stechlin, als Ira noch nicht mal richtig Platz genommen hatte.

»Ich weiß nicht, ob mir zwei Morde reinlaufen würden, wenn ich mich im Wahlkampf zur Bürgermeisterwahl befinden würde.« Ira blickte Stechlin an.

»Daran hab' ich noch gar nicht gedacht, Schneider stellt sich ja in vier Monaten zur Wiederwahl«, scholt sich Ira ob ihrer Vergesslichkeit.

»Na, mit dieser Frau an seiner Seite kann ja nichts schief gehen«, schob Stechlin etwas sarkastisch nach.

»Da braucht er selbst ja kaum mehr was zu machen.« Ira stimmte ihm insgeheim zu.

Denn »Frau Bürgermeister«, wie sie im Ort genannt

wurde, achtete stets auf gute Präsenz ihrer kompletten Familie bei Veranstaltungen. Auch auf sämtliche Hauptversammlungen der örtlichen Vereine jagte sie ihren werten Gatten. Schließlich käme es zumindest in Heckenbach einem Weltuntergang gleich, wenn Herr Schneider mal nicht die Entlastung eines Vorstandes persönlich beantragen würde.
»Ich denke, dass der Kollege allerbeste Chancen hat. Zumal er jetzt wohl auch noch einen Discounter an Land gezogen hat für sein Dorf«, mutmaßte Stechlin – nicht ganz ohne Neid.
»Und euch Kollegen allen vor der Nase weg«, fügte Ira amüsiert in Gedanken an.
»Nur die Morde haben natürlich ein kleines G´schmäckle«, befand Stechlin.
»Aber ich habe gehört, dass die Polizei eifrig am Aufklären ist.« »Da ruf' ich nachher gleich mal an«, notierte sich Ira ins Gedächtnis.
Der Bericht für das Dorffest flutschte ihr nur so aus den Fingern. Ira beschloss, persönlich bei der Polizei vorbeizuschauen. »Ist besser als anrufen«, dachte sie und schwang sich in ihren Chevy.
Auf dem Polizeirevier in der Stadt herrschte ein Riesentrubel, hatte sich doch ein hochrangiger Politiker zur Einweihung eines großen Industriebetriebes in der Stadt angekündigt.
»Na, riecht nach Arbeit«, frotzelte Ira bei den Herren in Grün. Die zeigten ihr kameradschaftlich eine lange Nase und führten sie zum Polizei-Pressesprecher ins Zimmer.
Der bot ihr netterweise einen Kaffee an und widmete sich intensiv seinem Kugelschreiber. Auch als er

zu sprechen begann, schien er einen Dialog mit dem Schreibgerät zu führen.

»Nein, wir haben keine neuen Erkenntnisse«, versicherte er dem Kugelschreiber.

»Ob die Morde in Zusammenhang stehen, wissen wir noch nicht«, schärfte er hingegen dem Heizkörper ein.

»Wir haben bislang ja nur den Zettel von der ersten Leiche, aber der hat keine Fingerabdrücke«, erläuterte er der Kaffeetasse von Ira. »Warum kann der einem nicht mal ins Gesicht schauen?« ärgerte sich Ira über das Benehmen des Pressesprechers.

Sie neigte sich etwas vor, um ihm direkt in die Augen zu blicken. Flugs beäugte er jedoch die Garderobe und stellte abschließend fest: » Kommissar Brand und seine Truppe sind dran. Wir warten noch auf Beobachtungen aus der Bevölkerung zu beiden Mordfällen.«

Bei dem Namen Brand wurde Ira aufmerksam. »Ist der Kommissar neu in der Stadt ?« erkundigte sie sich.

»Ja, er ist erst vor vier Monaten aus Stuttgart hergekommen. Er hatte die Kriminalität in der Großstadt satt und wollte es etwas ruhiger angehen«, schilderte er sichtlich beflissen dem Computer-Monitor. »Jetzt ist er Leiter der Sonderkommission Olga.«

Als Ira merkte, dass aus ihm sonst nichts Neues herauszubekommen war, verabschiedete sie sich. Der Pressesprecher wiederum flötete dem Vorhang neben dem Fenster ein freundliches »Tschüss« entgegen.

Ira konnte sich gut an Kommissar Peter Brand erinnern. Ein interessanter Mann mit Humor und einer Nase für das Verbrechen. Nicht nur einmal hatte Ira mit ihm zu tun, als sie noch in der Stuttgarter Redaktion arbeitete. Vor allem hatte sie ihn in sehr guter Erinnerung, sprang er doch stets fair mit der Presse um. Sie beschloss, mit ihm Kontakt aufzunehmen – im Sinne der alten Zeiten.

Ein alter Bekannter auf der Bildfläche

»Ich hab' Ihren Namen bereits mehrfach in der Zeitung gelesen. Wusste ja gar nicht, dass Sie hier genauso gelandet sind wie ich.« Kommissar Peter Brand freute sich hörbar über Iras Anruf. »Ich hatte eben die Nase von der Großstadt genau so voll wie Sie. Ich wohne jetzt gern auf dem Land«, informierte Ira.

Brand nestelte in seiner Schublade, auf der Suche nach Schokolade.

»Schließlich muss ich meine Figur halten«, pflegte er immer angesichts der kleinen Wölbung unter seinen Rippen zu sagen. Geschickt entfernte er mit zwei Fingern das Papier, langte sich die Leckerei aus dem Silberpapier und gönnte sich zwei Rippchen.

»Ab 100 Gramm wird's undeutlich«, amüsierte sich Ira über das plötzliche Genuschel des Kommissars.

»Entschuldigung, aber ich hatte heute noch nichts Vernünftiges auf dem Teller. Ich komme gerade aus Heckenbach.«

»Kein Problem, ich ess' während diverser Telefonate gern Pizza. Es ist so schön, wenn sich der Käse hübsch auf dem Ausschnitt platziert«, beruhigte ihn die Journalistin.

Ira, für ihre Direktheit bekannt, kam auch jetzt gleich auf den Punkt.

»Ich wohne in Heckenbach, wo sich die beiden Morde ereigneten. Klar, dass man da so seine eigene Theorie entwickelt, zumal ich die Leiche in der Kirche ja auch noch höchstpersönlich gefunden hab'. «

Kommissar Brand amüsierte sich insgeheim über Ira.

»Das Mädel hat sich nicht verändert. Immer schön geradeaus, mitten hinein ins Wespennest.«
Gerade diesen Charakterzug schätzte er sehr an ihr. Außerdem gefiel sie ihm auch so. Für Blondinen hatte er stets eine Schwäche gehabt. Diese Neigung brachte ihm aber in der Vergangenheit stets nur Scheidungen und ein mehrfach gebrochenes Herz ein.
»Könnten wir uns nicht mal auf neutralem Boden treffen und ein wenig über die alten und auch über die neuen Zeiten plaudern?« erkundigte sich Ira forsch.
»Klar, ich bin dabei. Wie wäre es mit heute Abend?« stimmte Brand erfreut zu.
Seit er vor ein paar Monaten hergezogen war, hatte er noch keine Gelegenheit, jemanden näher kennen zu lernen. Schließlich gab es auch fern von der Großstadt jede Menge Arbeit für die Polizei. Und hier in der Stadt war es lange nicht so anonym wie in der Großstadt. Hier gab es sogar einen Tag der Polizei, sprich, die Türen des Polizeireviers öffneten sich für Besucher. Eine gänzlich neue Erfahrung, die er wenige Tage nach seinem Umzug von Stuttgart hierher gemacht hatte.
»Kennen Sie einen guten Italiener?« erkundigte er sich. Er hatte eine Schwäche für deftige Pasta mit viel Tabascosoße.
»Klar, in Iglau an der Hauptstraße ist ein sehr guter. Außerdem kennen mich die Leute dort nicht so gut weil ich immer dessen Bringservice nutze«, schlug Ira spontan vor.
Wenn sie nicht auf Termin war genoss sie es, allein zu Hause zu speisen. Wenn sie jedoch ausging, traf sie mit Sicherheit auf irgendeinen Vereinsvertreter, Gemeinderat oder beispielsweise Vorsitzenden einer schrä-

gen Bürgerinitiative. Und die waren erfahrungsgemäß sehr aufdringlich nach dem Motto: »Oh, gut, dass ich Sie hier treffe. Wissen Sie, wir haben nächste Woche Hauptversammlung, könnten Sie da nicht vorbeikommen bla, bla, bla?«

Ira liebte die Menschen, aber sie liebte außerdem ihre Privatsphäre. So war es gekommen, dass sie sich immer mehr am Feierabend zu Hause verkroch.

Kommissar Brand war sofort einverstanden und sie verabredeten sich bei »Mario« um 20 Uhr.

»Ich bin die Blonde mit der roten Nelke am Revers«, witzelte Ira und verabschiedete sich.

Brand wiederum warf einen prüfenden Blick in den Spiegel über dem Waschbecken in seinem Büro. Die grauen Schläfen straften sein jungenhaftes Gesicht Lügen. Und seine grünen Augen lagen sichtlich im Windschatten seiner Augenringe.

»Scheiße, ich werde alt«, brummte er den Spiegel an. Strich sich noch mal über seinen Ansatzbauch und zuckte schließlich mit den Schultern.

»Auf die innere Schönheit kommt es an.«

Er freute sich auf den Abend, hatte er doch endlich mal jemand Bekanntes gegenüber, der auch noch Witz, Charme und ein voll funktionsfähiges Hirn besaß. Er hatte sich damals gewundert, warum die blonde Journalistin quasi über Nacht aus der Stadt weggezogen war. Bei ihren Kollegen nachgefragt bekam er nur die Antwort, dass sie mal Tapetenwechsel wollte. Was er bedauerte, schätzte er doch ihre klare Denkweise und Logik, nicht zu vergessen ihre süßen kleinen Frechheiten. Sofern diese nicht gegen ihn selbst gerichtet waren, was durchaus vorkam.

»Und jetzt hat uns das Schicksal die gleiche Heimat geschenkt – und zwei Morde als Draufgabe«, stellte er nicht unzufrieden fest. Schließlich war er ebenfalls auf der Suche nach Tapetenwechsel und Ruhe, als er sich ins Remstal versetzen ließ. Die Tatsache, dass Ira sichtlich nichts mit der städtischen Berichterstattung zu tun hatte, sondern auf dem Land unterwegs war, war ihm gerade recht. So würde er nicht Gefahr laufen, irgendwelche Fragen zu Verbrechen in der Stadt aufs Tablett zu bekommen.

»Das könnte ein richtig schöner Abend werden«, überlegte er sich.

Wiedersehen beim Italiener

Iras Magen knurrte als ob sich ein paar wilde Löwen in ihm raufen würden. Es war früher Nachmittag und sie hatte wieder mal das Essen glatt vergessen. Zwar würde sie sich am Abend mit Kommissar Brand treffen, doch sollte sie dennoch jetzt noch einen kleinen Happen einwerfen, überlegte sie. Für ihre Begriffe viel zu lange hatte sie sich mit dem Artikel zum Vernissagebesuch in der Stadt aufgehalten. Der Text für die Mühlenausstellung hingegen war ein Kinderspiel gewesen.
»Darling, bist Du da?« klopfte in diesem Moment Jim an die Tür. »Wo warst Du denn die letzten beiden Tage, ich hab' Dich gar nicht zu sehen bekommen?« erkundigte er sich.
Ira blickte ihn an. »Komm' rein, ich mach uns einen Kaffee«, lud sie ihren alten Freund, der wie immer eine ölverschmierte Latzhose trug, ein.
»Ich wollte mir gerade ein Brot machen, hast Du auch Hunger?« fragte sie ihn.
»Klar, ich hab' doch immer Hunger«, gab er grinsend zurück. Nicht ohne seinen Bauch liebevoll zu streicheln.
Jim machte es sich an der kleinen Theke bequem, die Iras Küche vom Wohnzimmer trennte. Energisch zog Ira die Brotschublade auf und angelte das Brot heraus. Doch dieses sah wenig appetitlich aus. Große weiße Schimmelflecken überzogen die Rinde.
»Oh Gott, wie lange hast Du das schon beherbergt?« erkundigte sich Jim.
»Uuups«, entfuhr es Ira.

Peinlich berührt warf sie das seltsame Gebilde in den Biomüll. »Tja, da muss man halt flexibel sein. Ich hätte da noch diverse Quiche Lorraine in der Gefriertruhe. Was hältst Du davon?«
Jim überlegte kurz und schlug schließlich vor bei sich nachzusehen, ob er nicht noch etwas Brot hatte. Gesagt, getan, trollte er sich davon. Ira setzte währenddessen einen Kaffee auf. Die Kaffeemaschine gab pfeifende Töne von sich - wenn sie nicht gerade gurgelte. Jim erschien wieder auf der Bildfläche, triumphierend ein Brot schwenkend.
»Na, die Maschine sollte aber auch mal entkalkt werden«, bemerkte er.
»Stell dir vor, ich hab' einen alten Bekannten aus Stuttgart in unseren Gefilden wiedergetroffen.«
Ira erzählte Jim von Kommissar Brand, während sie Butterbrote schmierte.
»Heute Abend treffen wir uns in Iglau beim Italiener. Ich freue mich auf dieses Wiedersehen«, gestand sie Jim.
»Gut, wenn Du mal ausgehst. Aber wie ich Dich kenne hast Du sowieso wieder nur ein Thema, nämlich deine beiden Leichen«, argwöhnte der alte Amerikaner.
»Ist doch schön, wenn man zusammen mit einem Fachmann kombinieren kann«, konterte Ira angriffslustig.
Jim hatte ihr immer wieder vorgeworfen, sich manchmal zu sehr in ein Thema zu verbeißen.
»Darling, Du weißt wie ich es meine«, gab er augenzwinkernd zurück.
Er war froh, dass sie überhaupt einmal privat aus dem Haus ging. Sonst hatte sie nur Termine oder die Redaktion im Kopf. Aus seiner Sicht äußerst eintönig.

»Übrigens, Frau Klein ist gestern ausgezogen«, informierte er Ira. »Was, wohin?« war Ira baff.

»Im Bäcker haben sie erzählt, dass sie geradewegs ins Seniorenheim umgezogen ist«, gab Jim zurück.

»Das ging aber schnell«, grübelte Ira.

Nach einem herzhaften Biss in ihr Butterbrot und einem kräftigen Schluck Kaffee fühlte sie, wie ihre Lebensgeister wieder zurückkamen.

»Jetzt geht's mir besser. Ich hatte ein richtiges Loch im Magen«, gab sie zu.

»Du solltest weniger arbeiten, mehr essen und dir ein Hobby zulegen«, schlug Jim vor.

Für ihn war Ira ein Workaholic wie aus dem Bilderbuch.

»Ich könnte dir zeigen, wie man einen Auspuff schweißt oder einen Kotflügel ausbeult oder auch einen Spoiler anbringt«, schlug er nicht ganz ernst gemeint vor.

»Du bist doch auch nicht besser als ich. Du hast immer nur deine Autos im Kopf, ich eben meine Artikel und Termine«, versuchte sie sich aus der Affaire zu ziehen.

»Klar, aber im Gegensatz zu Dir bin ich mir ganz sicher, dass es ein Leben vor dem Tod gibt«, gab Jim schlagfertig zurück.

»Und ich hab' noch nie vergessen, etwas zu essen«, setzte er mit bedeutungsvollem Blick in Richtung Biomüll noch eins drauf.

Ira versprach ihm, etwas mehr auf sich zu achten. Schließlich ging Jim wieder in seine heißgeliebte Garage, um einen alten Oldsmobile wieder herzurichten.

»Weiß der Henker wie er immer an diese Rostlauben kommt«, blickte Ira ihm hinterher.

Sie griff zum Telefon und rief Vera an. Die Redaktions-

sekretärin flötete ins Telefon: »Das war wieder Telepathie, ich wollte Dich gerade anrufen.«
Sie sprach mit Ira die Wochenendtermine ab.
»In Heckenbach wird zum Spatenstich für den neuen Sportplatz um 14 Uhr am Samstag geladen. Ich weiß, Du magst keine Termine bei Dir, aber Franzi ist immer noch krank.«
Ira kräuselte leicht die Nase: »Krieg ich dann auch Schmerzensgeld und soll ich gleich das Bild mitmachen«, erkundigte sie sich. »Das mit dem Schmerzensgeld musst Du mit Hagen ausmachen. Aber das mit dem Bild geht klar«, gab Vera zurück.
»Ach ja, und am Samstagabend ist der Festakt zum 75. Jubiläum des Sportvereins aus Radhausen. Wie wäre es damit«, machte Vera weiter.
»Ebenfalls mit Bild. Die Ehrungen sind gegen halb neun«, informierte Vera.
Iras Laune verschlechterte sich sichtlich.
»Wenn die Ehrungen gegen 20.30 Uhr angesetzt sind bedeutet das, dass ich etwa gegen 22 Uhr auf den Auslöser drücken kann.« Die Journalistin verlor regelmäßig den Glauben an die Menschheit, wenn sie Vereinsberichterstattung machte. Denn sobald der Vorsitzende auf dem Termin freundlich auf sie zukam und sie aufforderte, es sich gemütlich zu machen und etwas zu essen, wusste sie, was es geschlagen hatte. Nämlich warten, warten und nochmals warten.
»Och bitte Iralein, Du kommst doch mit diesen Vereinsmenschen gut aus«, fing Vera an zu betteln.
»Ich hab' sonst wirklich niemand, der das machen könnte. Es ist doch auch die Gala der Volksmusik in der Stadt«, bat sie.

Wie immer gab Ira nach, wohl wissend, dass ihr Samstagabend somit völlig vereiert sein würde.
»Ok, geht klar«, versprach Ira schließlich.
»Du bist ein Engel«, dankte ihr Vera.
»Ich weiß, aber wenn ich dann mal an die Himmelspforte klopfe, ist bestimmt wegen Überfüllung geschlossen«, gab Ira schon wieder lachend zurück.
Sie wünschten sich ein schönes Wochenende und Ira legte auf. »So, jetzt schreib' ich noch den Text über den Pilgerweg. Dann hab' ich für heute Feierabend und kann mich dem Kommissar und meinem Italiener widmen«, dachte sie sich.
Doch ohne Vorwarnung kam ihr wieder der Zettel in den Sinn, den die Spurensuche bei dem toten Herr Klein im Wald gefunden hatte. »Zug« und »abholen«, überlegte Vera. Wieso kam ihr gerade jetzt dieser Zettel in den Sinn. Sie hatte das Gefühl, dass diese beiden Worte einen Sinn ergaben, dem sie sehr nahe auf der Spur war. Doch die letzte Hürde hatte sie noch nicht geschafft.
»Ich komm' schon noch dahinter«, nahm sie sich vor. Mürrisch setzte sie sich an ihren Computer und begann die Artikel zu schreiben.
Plötzlich fiel ihr ein, dass heute Blutspendetermin in der Halle war. Der Blick auf die Uhr zeigte ihr, dass sie noch genug Zeit hatte bis zu ihrer Verabredung. Kurzerhand ließ sie Pilgerweg Pilgerweg sein, schnappte sich Jacke und Autoschlüssel und fuhr hoch zur Gemeindehalle. Heute konnte sie spenden, hatte sie doch keinen aktuellen Artikel am Abend zu schreiben. Nur einmal hatte sie schnell noch vor einer Gemeinderatssitzung Blut gespendet – und war in der Sitzung fast

eingeschlafen. Ob es nun an den Themen, oder am fehlenden halben Liter Blut lag ließ sie dahingestellt. Auch beim späteren Schreiben verlor sie ständig die Konzentration. Also Grund genug nur zum Spenden zu gehen, wenn sie nicht mehr arbeiten musste.

»Hand öffnen, Hand zur Faust machen…..« Ira lag auf dem Feldbett. In ihrer Armbeuge steckte eine kleine Nadel, an deren Ende sich ein Schlauch befand. Der wiederum mündete in einem kleinen Beutel. Dieser füllte sich Stückchen für Stückchen mit Iras Blut. Auf einer Art Wiege blieb der Beutel stets in Bewegung. An Ira Fußende saß ein Mitarbeiter des Deutschen Roten Kreuzes und hatte ein wachsames Auge auf die Menge im Beutel. »Geht's Ihnen gut?«, erkundigte er sich bei Ira. Die grinste ihn nur an und nickte. Oh ja, immer wenn Ira zum Blutspenden ging, ging es ihr richtig gut. Denn ungefähr für zwölf Minuten lag sie einfach so da, kein Telefon klingelte, und lauter gute Menschen waren um sie. Ira lag viel am DRK und am Blutspenden. Fritz Hagen wusste immer, dass er am besten Ira zu den DRK-Pressegesprächen sandte. Denn zum einen kannte sie sich gut in dieser Organisation aus, zum anderen hatte sie das richtige Äderlein für die Geschichten.

Was er allerdings nicht wusste war der Grund, warum Ira so viel am Deutschen Roten Kreuz lag: Blutkonserven und Sanitäter des DRK hatten ihr einst das Leben gerettet. Ira war als Anhalterin in Jugendjahren von einem netten jungen Mann mitgenommen worden. Leider bemerkte sie erst als sie bereits ein Stück gefahren waren, dass dieser entschieden einen über den Durst getrunken hatte. Er wurde zudringlich, Ira wehrte sich, und die Fahrt endete an einem überflüssig herumstehenden Baum. Nur durch den Einsatz des Spreizers, geführt von kundiger Feuerwehrmann-Hand, konnte Ira geborgen werden. Sehr lange hatte sie verletzt und eingeklemmt im Auto gesessen und dabei viel Blut verloren. Erst Stunden später war sie im Krankenhaus wieder zu sich gekommen. Im Gegensatz zum Fahrer hatte sie überlebt. Damals hatte sie sich geschworen, künftig auch Blut zu spenden. Und sie blieb ihrem Versprechen treu.

»Na, habt ihr bei eurer letzten Altkleidersammlung in Heckenbach Erfolg gehabt?« erkundigte sie sich bei Dennis, einem ihr bekannten Rotkreuzler.

»Oh ja, es standen wieder viele Säcke parat. Allerdings waren wir erstaunt, was die Leute so alles weggeben. Denn beim Sortieren und Reinigen war sogar ein nagelneuer rosafarbener Damen-Trainingsanzug dabei. Obwohl, ganz so neu war er wohl nicht, er roch sogar ein wenig nach Parfüm«, schüttelte er den Kopf.

»Aber egal, es ist schön, dass die Heckenbacher auf unseren Aufruf in der Presse so toll reagiert haben. Schließlich kommen die Kleider mit dem nächsten Hilfstransport nach Rumänien.«

Ira wurde von Nadel und Schlauch befreit. Mit hoch erhobenem Arm wurde sie zum Tisch geleitet und nahm Platz. Dort saßen bereits zwei junge Frauen, die sich unterhielten. »Ich finde Nordic Walking absolut toll«, bemerkte die eine. »Bei mir heißt das immer noch spazieren gehen«, grinste Ira in sich hinein. Anglizismen waren ihr ein Graus. »Unsere Sprache ist zu schön um durch englische Unwörter ersetzt zu werden«, war ihre Ansicht. Warum musste eigentlich für alles ein

englischer Name herhalten. Wie etwa in letzter Zeit aus dem schlichten Seilhüpfen »Rope skiping« wurde, Buben und Mädchen plötzlich nur noch »Kids« waren. Oder auch die Jüngsten, die zu »Youngsters« avancierten. Tief im Inneren war Ira doch ziemlich germanisch eingestellt. Ihre Muttersprache war ihr heilig – was die Leser positiv zur Kenntnis nahmen. Und überhaupt war Ira eben der Typ, der etwas tat, weil es Spaß machte – und nicht nur »Just for fun«.
»Ich habe mir einen neuen Trainingsanzug zugelegt. Schickes Teil. Nur, wenn man ein wenig ins Schwitzen kommt, kriegt man dunkle Ränder unter den Armen«, bedauerte die Dame am Tisch ihrer Nachbarin gegenüber.
»Also darfst Du dich in deinem neuen Trainingsanzug eben tunlichst nicht bewegen – du dumme Kuh«, schoss es Ira in den Kopf. Der Blick auf die Uhr zeigte ihr, dass es Zeit war, jetzt einen Happen einzuwerfen. Sie ging in den nächsten Raum und staunte über die große Auswahl. Kuchen, Kartoffelsalat, Schnitzel und jede Menge Kaffee erwarteten sie. »Wetten, dass mancher nur zum Blutspenden geht wegen dem Essen«, überlegte sie sich.
»Sag mal Jim, würdest Du einen neuen Trainingsanzug in den Altkleidersack stopfen?« »Well, ich bin doch nicht blöd.«
Ira musste grinsen. Wusste sie doch, dass Jim sogar ein Problem damit hatte, eine hoffnungslos mit Öl verschmierte Hose wegzuwerfen. »Bei Drecksarbeit braucht man Dreckskleider«, argumentierte er immer. Ab und zu gönnte sich Ira jedoch das Vergnügen und ging seine Klamotten heimlich durch – und ließ

manches verschwinden. Wenn Jim dann eine seiner »Dreckklamotten« anziehen wollte, hatte er plötzlich eine neue Latzhose in der Hand. Doch anstatt sauer zu sein, dankte er Ira für ihre Fürsorge auf seine Art. So stand beispielsweise plötzlich der Chevy picksauber vor dem Haus.

»Bei der kürzlichen Altkleidersammlung im Ort zogen die Rotkreuzler einen solchen rosafarbenen Anzug aus dem Sack«, erzählte Ira, aus ihrem Gedankengang wieder zurück auf der Erde gelandet, Jim.

»Na, der gehörte wohl der Bürgermeisterin. Sonst kenne ich nämlich niemand wo so lächerlich »pretty in pink« seine Runden durch den Ort dreht«, mutmaßte Jim.

Ira sah ihn erstaunt an. »Ich dachte du liegst den ganzen Tag unter irgendwelchen Autos. Wie kannst du da sehen, wer durch den Ort läuft?«

»Baby, auch ich habe meine kleinen Geheimnisse«, gab Jim zurück. Dabei bildeten sich Lachfalten um seine Augen.

»Vor allem ist der Bäcker mein kleines Geheimnis. Du weisst ja, einer der Gründe, warum ich in Germany blieb sind eure Apfeltaschen. Und da war das Thema einmal auf die Lieblingsfarbe der Frau Bürgermeister gekommen.«

»Ach so. Aber der Bäcker ist nicht dein Geheimnis. Dein Bauch verrät dich«, klatschte ihm Ira auf den Bauch.

Verlegen blickte Jim an sich herab. Ira setzte ihm einen Kuß auf die Nase und ergänzte:

»Ich mag jedes Gramm an dir.«

Unverhofft kommt oft

Ira wollte sich gerade ins Schlafzimmer aufmachen, um sich etwas zum Anziehen für die Verabredung mit Kommissar Brand aus dem Schrank zu ziehen. Da klingelt das Telefon.

»Ira, es tut mir wirklich leid, aber unser Fotograf wurde zu einem Unfall gerufen,« meldete sich Vera mit gequälter Stimme.

»Ira, Du hast es doch nicht weit, gerade mal zwei Kilometer. Die Scheckübergabe ist wichtig, schließlich ist das Geld für einen Kindergarten.«

Die Journalistin blickte auf die Uhr. Sie hatte noch fast eine halbe Stunde, bis sie sich mit Brand treffen würde.

»Na gut, aber ich mail Euch das Bild ohne Worte rein. Ich hab noch eine Verabredung«, gab Ira schließlich nach.

»Natürlich, reicht vollkommen. Der Spätredakteur kann ja einen Bildtext dazu schreiben. Infos haben wir ohnehin bereits vom Kindergarten bekommen«, war Vera erleichtert.

Ira schnappte sich ihren Foto und eilte aus dem Haus. Am Auto angekommen stellte sie fest, dass sie noch ihre Hausschuhe anhatte. Kopfschüttelnd lief zum Haus zurück und zog sich ihre Schnürschuhe an.

Nach nicht mal fünf Minuten war Ira in Wegelohe angekommen. Sie war bereits von einer Menge Leute erwartet worden. Jetzt versuchte sie verzweifelt diese dazu zu bewegen, sich etwas enger zusammenzustellen. Den Riesenscheck in der Hand, auf dem sich die spärliche Summe von 200 Euro breit machte, grinste der Geschäftsstellenleiter einer Bank hochgradig eingebildet in die Kamera. Um ihn herum scharten sich Elternbeiräte, Bürgermeister Egon Schulze und diverse Gemeinderäte. Alle wollten sie gut sichtbar aufs Bild, egal, ob sie dabei in ihrer Position einen Kollegen verdeckten.

»Rechte Schulter vor, linke nach hinten«, gab Ira leicht entnervt Anweisung.

»Und den Scheck bitte etwas gerader halten, sonst spiegelt sich der Blitz und man erkennt die Summe nicht«, forderte Ira auf.

»Werde ich heute noch fertig«, fragte sie sich und überlegt wieder einmal, ob sie nicht lieber einen anderen Beruf hätte wählen sollen. Doch nach zehn schier endlos erscheinenden Minuten war es geschafft. Das Bild war im Kasten und Ira fuhr wieder gen Heckenbach. Daheim mailte sie schnell das Bild an die Redaktion und ging wieder ins Schlafzimmer.

Schwungvoll öffnete sie die Schranktür und ein unordentlich zusammengelegter Wäschestapel landete vor ihren Füßen. Sie bückte sich, schnappte den Wäschestoß, kam wieder hoch und knallte dabei mit dem Hinterkopf gegen die Schranktür. Mit einem Fluch, der manchem Chorknaben die Schamesröte ins Gesicht getrieben hätte, rieb sich Ira die schmerzende Stelle.

»Heute ist entschieden nicht mein Tag«, knallte sie letztlich die Schranktür wieder zu.

Mit prüfendem Blick sah sie in den Spiegel. Wollpulli, Jeanshose, Schnürschuhe.

»Ist doch eigentlich ganz passabel, ich muss ja nicht zum Schönheitswettbewerb«, gab sie schließlich ihrer Faulheit nach und entschied sich dafür sich gar nicht

umzuziehen. Sie schnappte sich ihren Rucksack, stopfte Taschentücher, Lippenstift, Zigaretten, Feuerzeug und Autoschlüssel hinein und verschwand in Richtung Iglau.
Vor der Pizzeria bekam sie sogar noch einen Parkplatz, lotste ihren Chevy hinein und betrat schließlich das Lokal. Sie ließ ihren Blick schweifen und dieser blieb auf dem Mann in der hinteren Ecke haften. Umständlich und bislang vergeblich war der gerade dabei sich eine Zigarette anzuzünden. Doch der Feuerstein hatte wohl seine besten Tage längst hinter sich. Ira ging zu ihm hinüber und gab ihm galant über die Schulter Feuer.
»Ich hab' meine rote Nelke fürs Revers vergessen, aber ich denke Feuer brauchen Sie jetzt dringender«, stellte sie fest.
»Zur richtigen Zeit am richtigen Ort«, freute sich der Gast, der kein geringerer als Kommissar Brand war.
»Tja, ich bin ja schließlich auch Journalistin und nicht bei der Polizei«, konterte Ira frech grinsend.
»Ich seh' schon, Sie haben sich nicht verändert«, amüsierte sich Brand.
»Nehmen Sie doch Platz, ich habe extra das Separee für uns gebucht«, bemerkte Brand anzüglich.
»Na denn, ich hoffe Sie haben sich gründlich ausgeruht«, gab Ira vergnügt zurück.
Sie hatte ganz vergessen, wie lustig es war, sich mit dem Kommissar zu unterhalten. Denn bereits in Stuttgart hatten die beiden stets eine Runde geflachst, wenn sie sich über den Weg liefen.

Fregatten und Schriftführerinnen

»Mmmmmh, in die könnte ich reinliegen«, schaufelte Kommissar Brand die Tagliatelle al Napoli hörbar in sich hinein.
»Machen Sie gerade heimlich bei einem Wettessen mit und ich habe davon nichts mitgekriegt?« war Ira baff über seine Essgeschwindigkeit.
»Entschuldigung, aber bis auf eine Tafel Schokolade hatte ich heute noch nichts«, wurde Brand verlegen.
Ira kämpfte stirnrunzelnd mit einem großen Salatblatt, das höchst eigensinnig immer wieder vor den Zacken der Gabel entwischte.
»Ich glaube, mein Salat hat ein Eigenleben«, mutmaßte sie.
»Nehmen Sie doch ihre Finger. Ich kann mir vorstellen, dass es einem große Mühe bereitet mit Messer und Gabel zu essen, wenn man in einem Kaff wie Heckenbach wohnt«, frotzelte Brand.
»Sie sind ja wohl auch nicht viel besser«, gab Ira zurück. Denn der Kommissar hatte ihr soeben eröffnet, dass er in einer kleinen Einliegerwohnung in Iglau wohnte. Also ebenfalls Landleben pur. Soweit Ira bekannt war, hatte Iglau mindestens so viele Misthaufen wie Einwohner.
»Ach es hat schon seine Vorteile. Man kann zum Beispiel das Fenster öffnen, ohne durch eine Kohlenmonoxidvergiftung einen grausamen Tod zu sterben«, überlegte er.
Denn in der Großstadt nahmen die Abgase so Überhand, dass die Vorhänge mindestens einmal in der

Woche gewaschen werden sollten, wenn man aus seiner Wohnung kein gotisch anmutendes Gebäude machen wollte.

»Stimmt, aber dafür gibt es hier immer kurz vor dem Regen eine Portion Gülle«, gab ihm Ira recht. »Aber das ist ja gerade das, was das Landleben ausmacht.«

Nach einem Glas Chianti, einem üppigen Hauptgang und einem äußerst leckeren Tiramisu lehnte sich das ungleiche Paar genüsslich auf den Stühlen zurück. »Ihr Tipp mit dem Lokal war Gold wert. Es hat ausgezeichnet geschmeckt«, dankte Brand Ira.

Wie abgesprochen gingen die beiden auf Cola und Mineralwasser über. »Wenn ich nach einer Polizeikontrolle keinen Führerschein mehr habe, kann ich mich auf dem Arbeitsamt melden«, stellte Ira fest. »Außerdem war ich heute Blutspenden, und das wäre ein billiger Rausch.« Ira merkte bereits, wie ihr der Chianti zu schaffen machte.

»Und ich müsste ohne Führerschein Akten archivieren und würde mir dabei eine Stauballergie holen«, beschrieb Brand.

»So, jetzt erzählen Sie doch mal wie Sie in Heckenbach gelandet sind«, forderte er Ira auf.

»Ohne meinen Anwalt sag' ich gar nichts«, witzelte Ira. Doch dann schilderte sie ihm, wie sie letztlich mit Jim ihr Dasein zu führen begann.

»Muss ja hart sein, die beste Freundin zu verlieren«, bedauerte Brand. »Ist schon ok, ich habe mich damit arrangiert. Allerdings hab' ich mittlerweile außer Jim niemand mehr zum Reden.«

Ira wunderte sich, das sie vor Brand ihr Innerstes rauskrempelte. Aber irgendwie hatte er sie durch seine witzige, aber auch beruhigende Art dazu gebracht. »Mir geht es auch nicht anders«, wurde auch er redselig. »Nachdem auch meine zweite Frau plötzlich den Drang in andere Betten bekam, fand ich mich zum zweiten Mal vor dem Scheidungsrichter. Und die Gute nahm nicht nur die meisten Möbel, sondern auch die Freunde gleich mit.«

Ira wunderte sich, dass er ihr das erzählte.

»Vielleicht sind wir ja Seelenverwandte«, überlegte sie. »Aber warum ließen Sie sich hierher versetzen und blieben nicht in Stuttgart?« bohrte sie weiter.

»Um ehrlich zu sein, so ganz freiwillig war das gar nicht. Gut, ich hatte von irgendwelchen durchgeknallten Junkies und Wirtschaftsverbrechern die Nase voll. Aber ich hab' mich dann auch noch mit meinem dortigen Chef angelegt, als es um einen korrupten Abgeordneten ging. Leider wusste ich da noch nicht, dass beide das gleiche Parteibuch haben«, schilderte Brand.

»Leider«, musste Ira grinsen. Sie kannte Brand gut genug, dass er kein Problem damit hatte großen Tieren in die Wade zu beißen und als krönenden Abschluss auch noch kräftig dran zu pinkeln.

»Natürlich nicht leider, aber mein Chef machte mir letztlich mit lauter Kleinigkeiten das Leben zur Hölle. So hab' ich mich kurzerhand hierher beworben«, gab Brand zu.

»Und hier haben Sie es auch gleich wieder mit Mord und Totschlag zu tun«, setzte Ira nach.

Brand beäugte sie etwas schief. Er schien zu überlegen, wie weit dieses Gespräch gehen durfte. Schließlich war er der Ermittler bei den Mordfällen und sie eine Journalistin.

»Keine Sorge, die weitere Berichterstattung hab' ich abgegeben. Außerdem ist der erste Mord an Herrn Klein ohnehin verblüffend schnell mit einer Aktennotiz beim Sachbearbeiter verschwunden«, schien Ira seine Gedanken lesen zu können.
»Stimmt, der Mordfall Klein ist abgelegt worden. Mein Chef meinte, dass wir einfach zu wenig Personal haben um allem wochenlang nachzugehen. Und das, was wir hatten, war äußerst dürftig. Außerdem zeigte die Obduktion, dass Klein Darmkrebs hatte, also ohnehin dem Tode geweiht war. Und auch seine Gattin hat sich nie beschwert, dass wir die Ermittlungen jetzt auf kleiner Flamme kochen«, erläuterte Brand.
»Er war ja auch kein Promi oder eine hübsche blonde Russin«, schob Ira mit einem unüberhörbaren Unterton in der Stimme nach.
»Wobei ihr Bürgermeister, Herr Schneider, durchblicken ließ, dass da wohl die Russenmafia dahinterstecken könnte. Die junge Dame hatte doch diverse Kontakte…«, informierte Brand.
»Was, das hör' ich aber zum ersten Mal«, war Ira verblüfft.
»Ihre Mutter war sehr abweisend, hat kaum unsere Fragen beantwortet. Das gibt wohl eine schwierige Ermittlung. Aber der Bürgermeister als letzter Arbeitgeber der Toten war dafür um so auskunftsfreudiger«, schilderte Brand.
»Normalerweise ist er aber nicht so direkt. Der redet gern um den heißen Brei herum«, bemerkte Ira.
»Eigentlich war es auch weniger er, als seine Gattin, die diese Auskunft gab«, wurde der Kommissar konkret.
»Neulich vormittags war ich im Rathaus und Frau

Schneider war gerade bei ihrem Mann auf Besuch.« Ira dämmerte bei dieser Äußerung auf einmal, dass sie Frau Schneider bei ihrem Besuch im Rathaus getroffen hatte. Und diese äußerst arrogant und selbstzufrieden in die Welt geblickt hatte.
»Da haben wir uns wohl die Klinke in die Hand gegeben«, amüsierte sie sich. »Ich war nämlich auch dort.«
»Kann es sein, dass die Frau Bürgermeister ehrgeiziger ist als ihr Mann?« wollte Brand wissen.
»Da könnten Sie recht haben«, nickte Ira zustimmend.
In diesem Augenblick flog die Tür auf und ein Rudel betagter Damen enterte das bis dahin recht ruhige Lokal.
»Also Frau Schneider, das müssen wir ja gleich feiern.«
»So eine Freude und natürlich auch Ehre«, säuselte die Dame hinter der Anführerin.
»Mario, hast Du vielleicht einen guten Grappa für uns? Wir müssen unsere neue Schriftführerin feiern, es ist nämlich die Frau Bürgermeister«, orderte die dritte Fregatte.
Gemeinsam entschwanden sie im Nebenzimmer, das offensichtlich für sie reserviert war.
»Wenn man vom Teufel spricht«, entfuhr es Ira. Der Kommissar hatte in diesem Moment verblüffende Ähnlichkeit mit einem neugeborenen Kalb.
»Waren das die apokalyptischen Reiter?« erkundigte er sich verdattert.
»Nein, nur die Damen vom Heckenbacher Kirchenchor«, klärte ihn Ira auf.

Wiedersehen macht Freude

Kommissar Brand lächelte Ira kameradschaftlich an. Sie war gerade dabei, sich über sich selbst aufzuregen. Denn beim Verdauungskaffee nach dem üppigen, italienischen Essen war sie wieder mal zu ungestüm beim Umrühren gewesen. Folglich hatte sich auf der Untertasse ein kleiner brauner See gebildet. Vom Gespräch abgelenkt, hatte Ira einen Schluck genommen. Dabei verabschiedeten sich von der Unterkante ihrer Tasse unbemerkt kleine Kaffeetropfen und machten es sich in ihrem Wollpullover sichtlich gemütlich.

»Dass das auch immer mir passieren muss«, wischte Ira die Tropfen mit mindergroßem Erfolg mittels einer Serviette weg.

»Keine Sorge, das liegt nur am Alter. Nichts Ernstes«, tröstete sie Brand frech.

»Sagen Sie mal, trägt die Frau Bürgermeister eigentlich immer rosafarbene Kleidung. War die in ihrem früheren Leben mal ein Schweinchen?« erkundigte er sich bei Ira.

Ira blickte ihn verdutzt an.

»Sie haben recht, ich seh' sie eigentlich auch immer nur in Schweinchenrosa. Allerdings habe ich sie noch nie grunzen gehört, ehrlich.«

Eine geraume Zeit blickte Brand Ira an, bis er sich schließlich ein Herz fasste: »Könnten wir nicht eigentlich auf das Sie verzichten und zum Du übergehen. Wir haben doch geschäftlich ohnehin nicht viel miteinander zu tun.«

Die Journalistin war zwar etwas überrascht über diese Vertraulichkeit, hatte aber nichts dagegen.

»Also, dann verrate ich dir jetzt, dass ich Ira heiße«, grinste sie den Kommissar an.
»Und ich Peter. Aber meine Freunde nennen mich Peter«, antwortete der Polizist, den Schalk im Nacken.
»Dann darf ich dich jetzt einladen«, schlug er ihr vor, als der Kellner schließlich die Rechnung brachte.
»Gern, aber beim nächsten Mal bin ich dran«, willigte Ira ein. »Dumme Kuh, schmeiß' dich doch gleich an seinen Hals«, ärgerte sich Ira über ihre schnelle Antwort.
»Schön, dass Du von einem nächsten Mal sprichst. Das freut mich sehr, dankeschön«, machte Peter aus seinem Herzen keine Mördergrube. So konnte sich Ira ihre schnelle Zunge wieder verzeihen. Zu groß war ihre Freude.
Beim Verlassen des Lokals staunte Ira nicht schlecht. Peter war mit seinem Schlüssel vor einem alten Mercedes stehen geblieben.
»Na, der hat doch mindestens schon 20 Jahre auf dem Buckel«, stellte sie fest.
»Tja, jeder hat halt sein Hobby. Wobei die Karre mich im Moment mächtig ärgert, sie verbraucht mehr Öl als Benzin«, stellte der Kommissar bekümmert fest.
Da hatte Ira einen Geistesblitz. »Komm' mich doch mal besuchen. Dann lernst du Jim kennen, und der liebt alte Autos. Bestimmt kann er auch nach der Ursache für den hohen Ölverbrauch forschen«, schlug sie Peter vor.
»Dann kann ich euch beiden was Leckeres kochen. Ich beherrsche nämlich sehr gut creolisches Hühnchen«, lud sie ihn ein. »Gern, hätte ich ja gar nicht gedacht, dass du eine Köchin bist«, gab Peter zurück.

»Ist eigentlich auch das Einzige, was ich kochen kann«, murmelte Ira grundehrlich und etwas kleinlaut.
»Ich ruf' dich morgen an, dann können wir ja was ausmachen. Nicht, dass ich dich so schnell wiedersehen möchte. Die Sache mit dem Öl macht mir Sorgen und drängt zur Eile«, grinste Peter wenig galant. »Alles klar, schon verstanden«, gab Ira lachend zurück.
Und sie verabschiedeten sich. Beim Einsteigen in ihren Chevy merkte sie, dass ihr Herz ein weniger schneller schlug als sonst. »Na, das liegt wohl nicht nur daran, dass ich heute Blut gespendet habe«, schmunzelte Ira – und fühlte sich so wohl wie schon lange nicht mehr. Sie drehte das Radio an und Bon Jovi meldete sich mit »It's my life« zu Wort. Ira drehte die Lautstärkenregler nach oben und sang lautstark mit.
Zuhause angekommen war Ira mit einem Schlag hundemüde. Sie warf ihren Rucksack auf das Sofa und steuerte in Richtung Badezimmer. Dabei fiel ihr Blick auf das Sideboard neben der Eingangstür. Auf diesem lag ihr Geldbeutel.
»Na, da hatte ich ja Schwein, dass Peter mich eingeladen hat«, amüsierte sie sich. »Sonst hätte ich noch einen auf Tellerwäscherin machen können.«
In der Hektik nach dem Fototermin hatte sie den Geldbeutel scheinbar liegengelassen. Sie zuckte mit den Schultern, lief ins Bad und schminkte sich ab. Dabei fiel ihr Frau Schneider ein.
»Die sitzt wahrscheinlich immer noch bei Mario und lässt sich feiern«, dachte sie sich verächtlich.
»Die wird schon dafür sorgen, dass ihr Göttergatte wiedergewählt wird. Und ist sich nicht mal für den Kirchenchor zu fein. Die schreckt wohl vor gar nichts zurück.«

Schnell wusch sie die Kaffeeflecken aus dem Wollpullover und ging schließlich ins Bett. Zwar müde, griff sie dennoch zu Agatha Christi. Gerade war Meisterdetektiv Hercules Poirot dabei, einen Diamantenraub im Grand Hotel zu lösen. Doch das Buch machte es sich sehr schnell auf Iras Brust bequem, sie hatte sich ins Land der Träume verabschiedet. Munter brannte die Nachttischlampe vor sich hin, und erst beim Aufstehen am frühen Morgen machte sie Ira kopfschüttelnd aus.
»Heute kümmere ich mich endlich um die Kultursache in Bischofsstadt«, nahm sich Ira beflissen vor.
Bis zum Ende des Monats hatte sie den Auftrag, sich in dieser Stadt ein wenig in der Kulturszene umzusehen. Und vor allem auch einen Gesprächstermin mit dem Kulturreferenten auszumachen.
»Noch fünf Tage, jetzt muss ich aber machen«, griff Ira zum Telefon. Gerade in diesem Augenblick klingelte es und die Redaktionssekretärin war dran.
»Iralein, gell Du hast heute morgen nichts vor. Ich brauch' dich dringend.«
»Was gibt's denn?« war Ira eigentlich froh, nicht den Kulturmenschen anrufen zu müssen.
»Ich hätte da in einer halben Stunde ein Pressegespräch bei der Stadt. Es geht um das neue Adressbuch. Dauert bestimmt nicht lange.«
»Also gut, ich bin schon unterwegs«, sagte Ira spontan zu.
Der Telefonnummer des Kulturreferenten neben dem Telefon warf sie einen verächtlichen Blick zu.
»Du musst leider noch etwas warten mein Süßer.«
Sprach's und entschwand in Richtung Stadt.

Schwere Literatur und Müllbanderolen

Ein Adressbuch wog satte zwei Kilo. Es kam etwa alle drei Jahre frisch auf den Markt und war ein Bürgerservice von der Stadtverwaltung. Ärzte, Straßenverzeichnisse, Gewerbetreibende, Kirchen, Vereine und vieles mehr fand sich in dem dicken Buch. Ira wusste, wie dringend die Redaktionsmitglieder diese Adressbücher brauchen konnten. Ein Griff, und der richtige Ansprechpartner bei der Stadt, bei einer Firma oder beispielsweise einem Kindergarten war gefunden. Bares Gold für einen Schreiberling, quasi ein Almanach.

Also überredete Ira den Oberbürgermeister auf dem Pressegespräch, ihr doch gleich ein paar Exemplare mitzugeben. Der hatte kein Problem damit. So fand sich Ira auf dem wunderschönen Marktplatz, der von Fachwerkbauten geprägt war, wieder. Mit fünf Adressbüchern unterm Arm und den Foto umgehängt.

»Ich gebe mit Sicherheit ein erbärmliches Bild ab«, überlegte sie sich als sie zur Redaktion lief.

Sie strengte sich mächtig an, nicht über das Kopfsteinpflaster zu stolpern. Was nicht einfach war, hatte sie doch die Bücher mittlerweile auf beiden Armen liegend an ihre Brust gedrückt. Und drübersehen war fast unmöglich.

Irgendwie schaffte sie es aber dann doch, wohlbehalten und ohne aufgeschlagenen Knien in der Redaktion anzukommen. Sie schnaufte die Treppen hinauf und lief Vera direkt in die Arme.

»Ira, Du bist ein Schatz, hast uns nicht vergessen«, flö-

tete sie erfreut. »Die neuen Adressbücher sind da«, rief die Sekretärin auf dem Flur der Redaktion.
Wie auf Kommando stürmten aus allen Ecken die Damen und Herren Redakteure, um sich ein Buch zu schnappen. Ira, die plötzlich von ihrer Last befreit war, rieb sich die schmerzenden Gelenke.
»Wo wart ihr alle als ich die Bücher hier hergeschleppt habe?« fragte sie.
Die Kollegen blieben jedoch die Antwort schuldig. Alle waren genauso schnell in ihren Büros wieder verschwunden wie sie aufgetaucht waren. Einzig Karlo Strehlitz kam zurück. Mit einem treuherzigen Lächeln überreichte er Ira feierlich eine Zartbitterschokolade.
»Du bist halt ein Engel«, stellte er fest.
»Übrigens, ich hätte heute fast deine Hauspost aufgemacht. Sie liegt bei Vera.«
Ira kam ins Staunen, war sie es doch nicht gewohnt in der Redaktion Post zu bekommen. Sie war ja auch nicht fest angestellt. Vera überreichte ihr den Umschlag, auf dem stand: »An Fräulein Ira Sander«. Ira musste schmunzeln. Sie konnte sich nicht daran erinnern, wer sie zuletzt als Fräulein tituliert hatte. Neugierig machte sie den Umschlag auf – und brach in Gelächter aus. Es handelte sich um eine Party-Einladung die fein säuberlich mit Luftmaschen umhäkelt war. Logisch, die konnte nur von der Volontärin Gwendolyn sein. Ihr Instinkt trog sie nicht. Ira hielt die Einladung zu einer »ultimativen Redaktionsparty« in Händen. Die Redaktion, mit der die hiesige zusammenarbeitete, und in der Gwenny nun ihre Ausbildung beendet hatte.
»Wider Erwarten ist es mir doch noch gelungen mein Volontariat zu beenden. Daher lade ich zu einer Party

am Freitag um 18.30 Uhr im Verlagsgebäude ein und hoffe auf dein Kommen. Gruß, Gwenny.«

Ira schmunzelte. Das Redaktionsküken war also ein ausgewachsener Vogel geworden. Zumindest hatte sie totsicher einen. Ira griff sofort zum Telefon und rief in der zwanzig Kilometer entfernten Stadt an, in der die Partnerredaktion, in der Gwenny arbeitete, beheimatet war.

»Du musst aber im Pyjama kommen – das machen die anderen auch«, forderte Gwenny sie auf.

»Du hast echt nicht alle Tassen im Schrank«, amüsierte sich Ira köstlich. »Du bist ja verrückt«.

»Ich bin jetzt Redakteurin, da ist man nicht verrückt, sondern exzentrisch«, gab die frischgebackene Redakteurin zurück.

Ira versprach zu kommen. Gwenny nutzte die Gelegenheit, Ira noch etwas hochzunehmen: »Ich würde ja sagen, bring' jemand mit. Aber mit Dir hält es eh' keiner länger als fünf Minuten aus.«

Doch Ira konterte: »Wer weiss, gestern Abend hab' ich einen echten Mann kennen gelernt. Wir sind sogar schon beim Du.«

Am anderen Leitungsende wurde es kurz still. »Nicht wahr. Hast Du den importieren lassen?« erkundigte sich die verblüffte Gwenny.

»Nö, den kenn' ich eigentlich noch aus meiner Stuttgarter Zeit.«

»Ach so, dann ist jetzt also Torschlusspanik angesagt«, frotzelte die Redakteurin munter drauflos.

»Pass auf! Ich hab' es mir anders überlegt, ich komme doch nicht zu deiner Party. Blöde Kuh«, gab Ira zurück.

»Ich hoffe, du bist dann gegen 18.30 da«, ignorierte Gwenny diese Abfuhr.

»Klar«, sagte Ira, grinste und legte auf.
Erstaunt stand Karlo Strehlitz hinter Ira. Er wartete auf ein Fax, und das Gerät stand direkt neben dem Telefon. Ohne es zu wollen hatte er somit Gesprächsfetzen mitgehört.
»Du hast sie doch gerade eine blöde Kuh genannt und ihr abgesagt. Jetzt sagst du auf einmal »klar«, blickte er Ira fragend an.
»Na und…«, gab Ira zurück. Aus dem Chefbüro mischte sich brummend Fritz Hagen ins Gespräch ein: »Versteh' einer die Frauen.«
»Im nächsten Leben vielleicht«, tröstete ihn Ira, und flatterte aus der Redaktion.
Amüsiert die Blicke zweier verdatterten Herren der Schöpfung im Rücken spürend.
Wieder auf der Straße zurück, kam Ira leicht ins Schwitzen. Wo hatte sie diesmal ihr Auto geparkt? Da sie oft mehrmals täglich in der Redaktion war, musste sie die öffentlichen Parkplätze in der gegenüberliegenden Straße nutzen.
»Ich glaube, ich werde senil«, schüttelte Ira den Kopf über ihr Gedächtnis. Sie lief ein Stück die Straße hinab und da blinkte ihr roter Chevy ihr auch schon entgegen.
»Gott sei Dank habe ich so ein auffälliges Auto«, war sie erleichtert. Denn sonst würde sie ihn irgendwann zwischen den üblichen langweilig grau- und schwarzgetönten Limousinen ob ihrer Zerstreutheit nicht mehr finden. Sie schlenderte zum Auto und wollte gerade den Schlüssel zücken, als sie eine Stimme von der Seite ansprach: »Na, was macht ihr Buch?«
Ira blickte über ihre rechte Schulter und sah Bernd Busch. Seit drei Jahren Bürgermeister von Schwanin-

gen, hatte sie bereits ein Bild von ihm gemacht, als er seine Amtsbewerbung in den Rathausbriefkasten steckte. Er war damals gegen den Amtsinhaber angetreten – und hatte schließlich die Wahl für sich gewonnen. Der Gute hatte seine liebe Mühe mit dem schwäbischen Dialekt, war er doch ein ausgemachtes, massiv hochdeutsch sprechendes Nordlicht. Er gab sich in den Gemeinderatssitzungen zwar alle Mühe das Gremium zu verstehen, doch so manches Mal musste er doch nachhaken.

»Ich finde diesen Dialekt einfach herrlich, aber ich glaube, den lern' ich nie«, war er sich stets sicher.

Und ab und zu versuchte er sich mit typisch schwäbischen Sätzen wie etwa »Net gschompfa isch globd gnuag.« Allerdings hörten sich seine dialektischen Ausflüge stets drollig an. So dass sich seine Nebensitzer oder Umstehende stets im Ringen mit sich selbst befanden, um nicht in brüllendes Gelächter zu verfallen.

»Hallo, Herr Busch. Danke, dem Buch geht es gut. Es wartet allerdings immer noch darauf, geschrieben zu werden«, grüßte Ira zurück. Busch blickte auf seine Uhr und entschuldigte sich hektisch. »Oh, schon so spät. Ich muss noch schnell zu meinem Kollegen, und der macht bestimmt gleich Feierabend.« Mit flatternder Jacke und weit ausholenden Schritten eilte er davon. Ira stieg ins Auto und brauste ebenfalls ab. Da fiel ihr ein, dass sie noch dringend zum Heckenbacher Rathaus musste, die Müllbanderolen waren ihr ausgegangen. Ohne diese ignorierte die Müllabfuhr ihren schwarzen Eimer am Straßenrand einfach. Ira blickte auf die Uhr. »Um 16 Uhr macht das Rathaus zu. Da bleiben mir noch zehn Minuten«, drückte sie das Gaspedal durch.

Schmerzhafte Begegnung

»Aua!«

Ira hob sich ihre Zehen und hüpfte auf einem Bein. Gerade als sie die Klinke der Rathaustür in die Hand nehmen wollte, wurde die Tür mit so einem Schwung aufgestoßen, dass die Kante direkt auf Iras Fuß knallte.

»Oh, ich konnte ja wohl nicht wissen, dass jemand so nahe hinter der Tür steht«, kam es von der Türöffnerin in vorwurfsvollem Ton.

Ira blickte von ihren schmerzenden Zehen hoch und sah ins Gesicht von Frau Schneider. Bevor Ira etwas erwidern konnte, brauste die Frau Bürgermeister mit und in ihrer beeindruckenden Parfümwolke an ihr vorbei.

»Logisch, es kommen ja nie Besucher ins Rathaus. Wieso sollte da dann jemand hinter der Tür stehen«, dachte Ira sauer.

Sie hinkte die Treppe hoch und öffnete die Tür. Sie überraschte die beiden Verwaltungsangestellten beim beflissenen Tuscheln. Sie konnte gerade noch das Wort »Kontrolle« vernehmen. Pflichtbewusst schauten die beiden Ira entgegen, unterbrachen sofort ihr Geflüster.

»Wenn sie einen Termin brauchen, der Bürgermeister hat jetzt keine Zeit«, gab Frau Hellert zur Kenntnis.

Ira winkte ab. »Nein, ich brauche nur Müllbanderolen.« Sie wunderte sich, dass die Leute niemals auf die Idee kamen, dass sie auch einen Haushalt führte und ab und zu privat unterwegs war. »Was haben Sie denn mit Ihrem Fuß angestellt«, erkundigte sich Frau Hellert besorgt.

Ira rieb sich diesen , ohne dass sie es eigentlich merkte, mit leicht schmerzverzerrtem Gesicht.
»Frau Schneider hat mir die Tür draufgeknallt. Ich wusste ja gar nicht, dass sie so temperamentvoll sein kann«, erläuterte Ira das Missgeschick.
»In letzter Zeit ist sie oft mal aufbrausend. Da hören wir sie sogar durch die geschlossene Tür durch«, verriet ihr Frau Hellert mit verschwörerischem Blick.
»Und seit sie bemerkte, dass ihr Gatte sich gern Olga widmete kam sie ohnehin öfter,« schob Hellert jetzt im Flüsterton nach.
»Ach, dann muss er jetzt ja ziemlich traurig sein«, mutmaßte Ira. Schließlich war Olga ja höchst unnatürlich, und ziemlich überraschend für ihren Chef, gestorben.
Frau Hellert nickte und gab ihr die Müllbanderolen.
In diesem Moment ging die gefütterte Tür auf und das Gesicht von Herrn Schneider zeigte sich darin.
»Machen Sie mir bitte einen starken Kaffee«, orderte er. Sein Gesichtsausdruck ließ vermuten, dass er nicht besonders gut drauf war. Schweiß stand ihm auf der stark geröteten Stirn.
»Oh, Hallo Frau Sander«, grüßte er kurz angebunden und verschwand wieder in seinem Zimmer.
»Was ist denn mit dem los, normalerweise ist er doch äußerst freundlich – vor allem wenn die Presse vor der Tür steht«, wunderte sich Ira.
»Ich denke, es liegt daran, dass seine Wiederwahl ansteht. Er ist irgendwie ein bisschen nervös«, bemerkte Frau Hellert hierzu. »Außerdem glaube ich, dass der Haussegen ein wenig schief hängt.«
Ira schmunzelte und meinte: »Tja, sind halt auch nur Menschen.«

Sie drehte sich um und nahm die Treppe immer noch leicht hinkend wieder in Angriff.
»Zuhause müsste ich noch etwas Sportsalbe haben.« Sie diagnostizierte, dass die Frau Bürgermeister ihr eine ordentliche Prellung beschert hatte.
»Baby, was hast Du denn gemacht?« erkundigte sich Jim besorgt, als er Ira vom Wagen herhumpeln sah.
»Das war ein Angriff der Frau Bürgermeister«, erzählte Ira das Ereignis.
»Well, ich mach' uns einen Kaffee«, schlug Jim vor.
Ira nahm den Vorschlag an und setzte sich in der Werkstatt auf einen umgedrehten Bierkasten. Behutsam zog sie ihre Schuhe aus und rollte den Strumpf ab. Ihre Zehen hatten inzwischen eine hübsche rot-bläuliche Färbung.
»Hoffentlich ist da nichts gebrochen«, machte sich Jim Sorgen.
»Nein, für so einen Quatsch habe ich keine Zeit. Ich tu nachher gleich Sportsalbe drauf«, konterte Ira. In diesem Moment klingelte ihr Handy.
»Entschuldigung, aber ich muss aufdringlich sein. Ich hab' nachher in Heckenbach noch einen Termin und würde gern hinterher bei deinem Jim vorbeikommen. Meine Kollegen haben mir wegen meiner Ölflecken auf dem Parkplatz mit einer Anzeige wegen Umweltverschmutzung gedroht.«
Kommissar Brand schien sichtlich in Eile zu sein. Daher hielt sich Ira kurz, fragte Jim, ob er dafür Zeit hätte. Er nickte, und so sagte Ira nur ein schlichtes »OK«. Sie gab Brand ihre Adresse durch.
Glücklicherweise hatte sie keinen Abendtermin. »Ups, ich glaube, dass ich mal wieder aufräumen sollte. Peter

war schließlich noch nie in meiner Wohnung«, fiel ihr das Chaos in ihrer Wohnung ein.
»Muss ich eifersüchtig werden?« grinste sie Jim an.
»Nö, der ist mindestens so alt wie Du«, gab Ira wenig schmeichelhaft zurück.
»Well, make my day«, gab Jim mit einem breiten Grinsen zurück.
Ira flötete ein elanvolles »Cherio« und entschwand in ihre Wohnung. Die Tür noch nicht zu, begann das Faxgerät zu rattern. Das erste Blatt erschien noch mit einem dezenten Rotstreifen in der Mitte. Das zweite mahnte schon blutrot daran, dass neues Papier eingelegt werden musste, und beim dritten Blatt war schließlich das bittere Ende. »Schitt, jetzt hab' ich schon wieder vergessen, neues Papier einzulegen«, ärgerte sich Ira. Der Blick auf die Seiten verriet, dass es sich um die Begrüßungsrede des Bürgermeisters zur Einweihung des Kindergartens in Monau handelte. Ein Termin, den Ira am nächsten Tag machte. Da klingelte auch schon das Telefon und Vera war dran.
»Ich versuch' dir gerade was zu faxen, aber es kommt irgendwie nicht an. Bei mir steht Funktionsfehler«, erläuterte sie Ira.
»Und bei mir steht »kein Papier«, gab Ira zurück. »Probier es bitte in zehn Minuten noch mal. Ich muss in die Untiefen meiner Schublade tauchen, um eine neue Papierrolle zu finden«, bat Ira.
»Kein Problem, alles klar«, damit legte Vera auf.
Ira machte ihre Wohnungstür endlich zu und zog wildentschlossen die oberste Schublade der Kommode auf. Sie wühlte sich durch Postkarten vom vergangenen Jahr, alte Eintrittskarten für Theater und Kino, vorbei

an einem Bonbonpapier und grub mit den Fingern unter die zahlreichen Büroklammern bis sie schließlich die Papierrolle für das Faxgerät rausangelte.
»Wusste ich es doch. Wer aufräumt, ist nur zu faul zum Suchen«, brummelte sie zufrieden. In diesem Moment löste sich seitlich von der Papierrolle ein kleiner Zettel und fiel auf den Boden.
»Du gemeiner Kerl, dich hätte ich neulich brauchen können«, blickte Ira auf den Reinigungs-Abholzettel für ihren Blazer. Schnell wechselte sie die alte gegen die neue Papierrolle aus. »Feuer frei für neue Fax-Attacken«, grüßte sie das Faxgerät.
Plötzlich bleib sie wie angewurzelt stehen. »Das kann doch nicht sein«, stutzte Ira plötzlich.
»Jetzt muss ich aber mal nachdenken«, beschloss sie.
Völlig in Gedanken räumte sie nebenbei noch schnell diverse Jacken und Zeitschriften vom Sofa, zog die Tischdecke gerade, platzierte noch ein Blümchen darauf und beschloss, dass es für Peter ordentlich genug sei. Sie sank aufs Sofa und starrte mit dem Reinigungszettel in der Hand Löcher in die Luft.
»Eigentlich schon fast wieder zu einfach, obwohl, es kann doch eigentlich nicht sein. Es ist aber einen Versuch wert. Ich rede nachher mit Peter darüber«, beschloss sie.
Erst das neuerliche Rattern vom Faxgerät riss sie aus ihren Gedanken. Sie legte die mittlerweile ordnungsgemäß durchgekommenen Redeblätter des Bürgermeisters fein säuberlich zusammen und trug sie zu ihrem Schreibtisch.
»Es passt einfach alles zusammen, nur beweisen kann man es nicht,« sagte Ira zu sich selbst. Ira beschloss,

dem Kommissar an diesem Abend ihre Vermutungen bezüglich der beiden Morde nahe zu bringen.
»Mädel, das wäre ja echt tollkühn«, führte sie immer noch einen Monolog.

Unkonventionelle Mittel im Einsatz

»Ich werde wahnsinnig. Ich komme mir vor wie in einer Sackgasse.« Kommissar Peter Brand kam schimpfend die Treppe hoch.
Ira musterte ihn.
»Eigentlich sieht er ja gar nicht sooo alt aus,« stellte sie fest.
Brand stapfte die letzten Stufen hoch und brummelte weiter: »Die Mutter schwört Stein auf Bein, dass Olga keinen Freund hatte. Dafür aber sehr religiös war. Am Ende haben wir es hier wohl mit einer unbefleckten Empfängnis zu tun.«
Er schoss an Ira vorbei, landete im Wohnzimmer und setzte sich mürrisch aufs Sofa. Erst jetzt bemerkte er, dass er sämtliche Etikette vergessen hatte. Unter anderem seine Gastgeberin höflich zu begrüßen.
Ira amüsierte sich köstlich. »Endlich jemand der genauso daneben ist wie ich«, freute sie sich.
»Herzlich willkommen in meiner bescheidenen Hütte. Danke, mir geht es sehr gut. Ich muss jetzt nur schnell noch eine Vase für diese wundervollen Blumen finden«, begrüßte sie ihn und tat so, als würden ihre Hände einen Blumenstrauß halten.
Total verdattert und leicht beschämt blickte ihr Peter entgegen. »Entschuldigung, es tut mir echt leid. Wo hab' ich bloß meine gute Erziehung gelassen.«
»Wenn sie überhaupt jemals vorhanden war, hat sie wohl den Umzug aus Stuttgart nicht überstanden«, gab Ira zurück.
»Ist schon in Ordnung«, winkte sie ab.

Sie selbst hatte ein ziemlich flaues Gefühl im Magen. Schließlich wollte sie Peter mit ihren Gedanken und Schlussfolgerungen überraschen. Sie wusste nicht so recht, ob er sie nur auslachen , oder sogar verärgert reagieren würde. Beides wäre ihr nicht recht gewesen, schließlich konnte sie ihn wirklich gut leiden.
Sehr sogar, wie sie sich soeben ehrlich verblüfft eingestand. Mit zwei Gläsern und einer Flasche Wein bewaffnet, setzte sich Ira neben Peter.
»Vielleicht bist Du wirklich in einer Sackgasse. Ich hab' mir auch meine Gedanken gemacht und denke, ich kann dir vielleicht sagen, wer die Leichen fabriziert hat«, begann sie mutig.
Peter lehnte sich zurück. Aufmerksam studierte er Iras Gesicht.
»Na, dann schieß mal los«, ermunterte er sie gespannt.
»Also pass' auf...«, begann Ira ihm ihre Theorie darzulegen.
»Du hast keine Beweise, nur dein Gefühl. Das hält vor keinem Staatsanwalt stand«, mahnte Peter, aus dem plötzlich voll und ganz der SOKO-Leiter sprach.
»Ich weiss, aber man könnte ja der Wahrheit ein wenig nachhelfen. Schließlich bin ich keine Polizistin und muss mich somit nicht so ganz an eure Regeln halten«, gab Ira zu bedenken.
»Aber was hast Du denn vor?« erkundigte sich Peter. Jetzt etwas besorgt dreinschauend.
»Zwei Leichen sind genug, du brauchst ja nicht gerade die dritte werden.«
Ira freute sich insgeheim, dass er sie nicht wie eine Geistesgestörte behandelte, sondern sich statt dessen sichtlich Sorgen um sie machte.

»Du könntest mir helfen«, animierte sie ihn.
»Ja, und wie?« schaute Peter sie fragend an.
»Also, es ist zwar etwas unkonventionell, aber ich hätte da eine Idee…«
Es dauerte eine Stunde bis Peter die Wohnung von Ira verließ. Jim überreichte ihm feierlich die Autoschlüssel und stellte fest: »Die Ölwanne hatte nur einen kleinen Leck. Ich hab's wieder geflickt. Jetzt ist alles okay.«
»Danke für den schnellen Service«, war Brand baff über die Nachricht. »Ich werde es wieder gut machen, was bin ich schuldig?« erkundigte er sich bei Jim.
»No problem, Iras Freunde sind auch meine Freunde«, versicherte ihm Jim. »Ich freue mich, dass Ira anscheinend doch noch ihrer Krankheit entkommt und einen Menschen wahrnimmt.«
Sorgenvoll blickte Brand Jim an: »Was für eine Krankheit?«
»Sie ist ein workaholic, hat immer nur ihre Termine und Artikel im Kopf. Gestern Abend war sie zum ersten Mal aus, seit sie hier in Heckenbach wohnt«, erläuterte Jim.
»Oh, dann nehm' ich das als Kompliment«, war Brand erstaunt. Er hatte sich die quirlige Ira keineswegs als Einsiedlerin vorstellen können.
»Well«, zuckte Jim mit der Achsel, zeigte aber durch ein wohlwollendes Augenzwinkern, dass er kein Problem gehabt hätte, wenn Brand künftig öfters mit Ira ausgehen würde…

Angriff ist die beste Verteidigung

Kleine Rauchsäulen suchten sich ihren Weg durch den kleinen Schlitz, den Ira am Autofenster heruntergekurbelt hatte, nach draußen. Schließlich drückte sie ihre Zigarette aus und verließ das Auto. Zielstrebig lief Ira zur Haustür und ließ das »Bing Bang, Bing Bang« des Londoner Big Ben erschallen.

Frau Schneider öffnete und blickte Ira leicht verdutzt an.

»Ich kann mir nicht vorstellen, dass so ein geprellter Zeh besprochen werden muss«, schleuderte sie Ira sichtlich genervt entgegen.

Dennoch öffnete sie die Tür so weit, dass Ira eintreten konnte. Ira humpelte schnurstracks in den Wintergarten und setzte sich. Sie nahm ihren ganzen Mut zusammen und blickte der hochnäsigen Frau Bürgermeister tief in die Augen.

»Eigentlich geht es weniger um meinen Zeh als um zwei Leichen.«

»Ich kann Ihnen nicht folgen«, gab Frau Schneider unwirsch zurück.

»Ich finde, dass es hier ein wenig warm ist. Könnten wir nicht die Terrassentür etwas öffnen«, schlug Ira vor.

»Sagen Sie mir einfach was Sie wollen«, öffnete die Hausdame die Tür – sichtlich ohne es zu bemerken. Eher automatisch.

»Nun, Sie haben doch die beiden auf dem Gewissen«, holte Ira zum Schlag aus.

»Was erlauben Sie sich. Ich bin schließlich die Frau des

Bürgermeisters. Das wird ein Nachspiel haben«, begann Frau Schneider ihre Fassung zu verlieren.
»Mit Sicherheit. Denn Sie werden dafür im Gefängnis landen«, prophezeite Ira. »Ich wollte Ihnen nur sagen, dass ich Bescheid weiß. So, und jetzt ruf' ich die Polizei«, kündigte die Journalistin an.
Ihr Herz schlug mittlerweile bis zum Hals und Ira war sich sicher, dass das im Umkreis von zwanzig Metern jeder hören konnte.
Frau Schneider zog ohne Vorwarnung eine Schublade auf, und Ira blickte plötzlich in die Mündung einer Kleinkaliber Sportpistole.
»Du Schlampe, Du Schmierfink. Ich lass mir mein Leben nicht von Dir verpfuschen. Ich hatte alles so gut durchdacht. Jetzt sind wir auf der Zielgeraden und Du wirst uns nicht aufhalten.«
»Haben Sie so Angst, dass Ihr Mann nicht mehr gewählt wird, dass Sie auf diese fiese Weise nachhelfen mussten?« nahm Ira ihren ganzen Mut zusammen. »Erst den alten Klein umlegen damit der Göttergatte an das Grundstück rankommt und dann auch noch Olga ermorden, weil sie mit dem Kind ihres Mannes schwanger war?«
»Na und! Klein war ohnehin todkrank und Olga hatte sowieso keine Zukunft. Wer will schon eine ledige Russin mit einem Balg?« schnaubte die Frau Bürgermeister zurück.
»Wieso ledig bleiben. Wollte sie nicht eine gemeinsame Zukunft mit ihrem Gatten?« mutmaßte Ira ins Blaue hinein.
»Das hätte sie gerne gewollt, aber das wusste ich zu verhindern.« In Frau Schneiders Augen blitzten Stolz

und Wahnsinn um die Wette. »Und aller guten Dinge sind bekanntlich drei«, legte sie schließlich vor Erregung zitternd und mir irrem Blick auf Ira an.
Just in diesem Moment stürzten zwei Polizisten zur Terrassentür herein, schlugen der völlig überraschten und fassungslos aus der Wäsche blickenden Frau Bürgermeister die Waffe aus der Hand und drehten ihr den Arm auf den Rücken. Kommissar Peter Brand war inzwischen ebenfalls im Raum und wandte sich an Frau Schneider:
»Madame, das war's. Sie sind vorläufig festgenommen wegen des Verdachts auf Doppelmord. Wir haben das ganze Gespräch auf Tonband.«
Peter Brand blickte Ira an.
»Na, das ist ja gerade noch mal gut gegangen. Kompliment.«
Die Beamten führten die protestierende Frau Schneider ab.
»Ich verbiete mir das. Ich bin doch die Frau Bürgermeister. Ich will einen Anwalt und - und - und ich verklage Sie alle«, hörte man Frau Schneider noch auf der Straße wie irrsinnig rufen.
Wie betäubt nahm Bürgermeister Schneider den Anruf aus dem Polizeirevier im Rathauszimmer entgegen.
»Ich komme sofort«, stammelte er in den Hörer und legte auf.
Kaum fünfzehn Minuten später trat er in das Zimmer von Kommissar Brand.
»Ich hab' das doch nur für dich getan. Du bist so ein Schlappschwanz, ohne mich bist Du doch ein Nichts«, brüllte ihn seine immer hysterischer werdende Gattin an.

»Du hast alles kaputt gemacht«, entgegnete ihr der Bürgermeister sichtlich erschüttert.
»Nein, Du hast alles kaputt gemacht«, kreischte Frau Schneider zurück. »Du hast ja noch nicht mal mitbekommen, dass sich ein weiterer Kandidat für den Posten des Bürgermeisters bewerben wollte. Was konntest Du denn schon in deiner achtjährigen Zeit an Geleistetem vorweisen? Ich war diejenige, die deiner Karriere den nötigen Kick gegeben hat. Ohne mich hättest Du jetzt keinen Discounter, kein Grundstück, einfach nichts«, schrie sie ihn wie wahnsinnig an.
Frau Schneider wurde dem Richter vorgeführt und landete in der Haftanstalt. Sie hatte sich vor der Polizei und vor ihrem Gatten schließlich auch noch mit den Tötungen ob ihrer Raffinesse gebrüstet und alles gestanden. Die Morde in Heckenbach waren aufgeklärt.
»Mädel, wie bist Du da bloß dahinter gekommen?« wollten die Kollegen in der Redaktion wissen.
Ira erinnerte an den Zettel, der bei der ersten Leiche gefunden wurde.
»Ich dachte immer, dass hier jemand vom Zug abgeholt werden sollte. Dabei drehte es sich aber um einen Abholschein für einen Anzug. Durch den Dreck war jedoch das »An« verschwunden. Und in der Reinigung erfuhr ich, dass eben die Frau Bürgermeister so einen Zettel verloren hatte. Außerdem hatte sie selbst mir erzählt, dass sie frühmorgens immer joggen ging. Somit kannte sie wohl die Haus- und Hofstrecke von Herrn Klein. Musste also bloß noch auf ihn warten und ihn abknallen. Dadurch, dass sie Mitglied im Schützenverein war, hatte sie die Sportpistole ordnungsgemäß mit der Waffenbesitzkarte zu Hause.«

Ira fuhr fort: »Dann fischten die Jungs vom DRK bei der Altkleidersammlung einen rosa Jogginganzug samt Parfümwolke aus dem Sack.
Und der Jogginganzug konnte eigentlich nur der Frau Bürgermeister gehören, die in ihrem früheren Leben wohl ein Schweinchen war. Sie wollte den Jogginganzug einfach los werden – und da kam die Altkleidersammlung gerade recht.«
»Aber warum dieser Mord?« fragten die Kollegen weiter.
»Na, so kam ihr werter Bürgermeistergatte an das begehrte Grundstück für seinen Discounter ran. Was ihm natürlich bei der anstehenden Wahl viele Pluspunkte bringen würde«, erläuterte Ira.
Den zweiten Mord im Blick eröffnete Ira: »Und die junge Olga war die Geliebte vom Bürgermeister und wurde dummerweise auch noch schwanger. Der Herr Bürgermeister gestand in seiner Not alles seiner Gattin.« »Da nahm sich die Frau Bürgermeister die junge Sängerin nach der Chorstunde mal kurz zur Seite, wartete bis sich die übrigen Mitglieder verabschiedet hatten, und brachte sie um. Ganz einfach. Ich hab' nur eins und eins zusammengezählt. Schließlich konnte sie nicht zulassen, dass ihr Mann erpresst wird – oder schlimmer – dass er das junge Ding ob seiner guten Erziehung auch noch heiraten würde.«
Iras Kollege schrieb darüber einen Artikel, dessen Inhalt natürlich wie ein Lauffeuer durchs Dorf ging. In Absprache mit der Polizei wurde Iras tollkühner Einsatz aber mit keinem Wort erwähnt.
»Ich will da noch ein Weilchen wohnen«, hatte Ira darum gebeten. Außerdem gönnte sie Peter Brand als Lei-

ter der Sonderkommission den relativ schnellen Fahndungserfolg. Der würde ihm sicher gut tun als Neuling auf dem städtischen Polizeirevier.
»Also ich wusste schon immer, dass mit der was nicht stimmt. Sie war einfach zu freundlich«, stellte die pudelgelockte Dame im Bäcker fest.
»Selbstverständlich war das klar«, säuselte die mal wieder hörbar angetrunkene Gattin des Oberstudienrates.
»Außerdem war sie immer viel zu sehr ehrenamtlich engagiert. Das ist doch nicht normal«, fügte die Mutter mit den drei äußerst aktiven Jungs an. Ihr jüngster hatte bereits wieder ein Überraschungsei im Visier.
Alle Blicke waren auf Ira gerichtet als die Bäckerin fragte: »Können Sie uns noch mehr erzählen als in der Zeitung steht? In den Redaktionen wird doch bestimmt viel geredet aber nicht alles geschrieben.«
Doch Ira zuckte nur mit den Schultern. »Ich bin blond, hab' blaue Augen und bin nur freie Mitarbeiterin.« Mit diesem, ihrem Lieblingssatz, entschwand sie aus der Bäckerei. Für heute Abend hatte sie Jim und Peter zum Essen eingeladen und wollte für die beiden jetzt in aller Ruhe ihr creolisches Hühnchen zaubern. Sie hoffte inständig, dass sich die beiden auch weiterhin so gut verstehen würden – nicht nur, was Autos anbelangte. Denn so insgeheim fühlte sich Ira zu Peter Brand hingezogen. Natürlich war er kein junger Spund mehr. Hatte keine Flausen im Kopf und war von der Realität in seinem Job ziemlich abgehärtet. Aber es war wohl gerade diese gewisse Abgeklärtheit, die Ira an ihm schätzte. Er war ein guter Gesprächspartner, nicht oberflächlich, und mit einem feinen Humor ausgestattet. Ganz nach Iras Geschmack.

Ira schlenderte immer noch mit den Gedanken beim Kommissar zum Haus zurück, ging die Stufen hinauf und landete schließlich in der Küche. Sie würde sich heute besonders beim Kochen anstrengen.
»Schließlich beherrsche ich das Hühnchen aus dem Effeff«, war sie zuversichtlich, die beiden Männer zu beeindrucken.
Das Klingeln des Telefons schreckte sie aus ihren Gedanken. Schnell lief Ira ins Wohnzimmer und suchte den klingelnden Störenfried. Unter einem Blätterhaufen entdeckte sie schließlich den Hörer.
»Ira, was machst Du gerade?« Vera hörte sich leicht abgehetzt an.
»Red nicht um den heißen Brei, was ist los«, erkundigte sich Ira.
»Auf der Kreisstraße zwischen Gehringen und Roth haben sich zwei Autos in der Straßenmitte getroffen, könntest Du hinfahren?«
»Klar, ich bin schon weg.« Ira warf den Hörer weg, der sich listigerweise schnell in die Polsterritze rettete. Beim nächsten Klingeln würde sie wohl etwas länger brauchen, bis sie ihn finden würde…
Die Digitalkamera in der einen und die Autoschlüssel in der anderen Hand raste Ira die Treppe hinunter. Als sie die Haustür aufmachte, prallte sie fast gegen Jim, der verdutzt zur Seite sprang.
»Hallo, ich dachte ich könnte Dir vielleicht beim Kochen Gesellschaft leisten«, schlug er vor.
»Das muss warten. Bei Gehringen hat es einen Frontalzusammenstoß gegeben. Ich muss mich beeilen, sonst ist der Abschleppwagen vor mir da. In einer halben Stunde bin ich wieder zurück«, versprach Ira.

Um nicht noch mehr Zeit zu verplempern ließ Ira Jim einfach an der offenen Haustür stehen, rannte zu ihrem Chevy und brauste los.
»Mädel, solange dir der Job wichtiger ist als eine private Verabredung wird das nie was mit einem Freund«, schüttelte Jim den Kopf, während er ihr nachsah.
Da hörte er das Telefon bei Ira in der Wohnung klingeln. Er huschte die Treppe hinauf und blickte sich im Wohnzimmer um.
»Wo ist das blöde Ding«, suchte er mit den Augen das Zimmer ab. Erst beim achten Klingeln hatte er es schließlich in der Polsterritze geortet.
»Hello« meldete er sich typisch amerikanisch.
»Ach Jim, Du bist es. Könntest Du Ira vielleicht sagen, dass es wohl heute Abend etwas später wird «, meldete sich Peter Brand.
»Ich muss noch Papierkram wegen den beiden Morden erledigen, das dauert länger als ich dachte. Aber gegen neun Uhr bin ich auf jeden Fall da«, versprach der Kommissar.
»Okay, no problem«, versicherte ihm Jim, dass er Ira Bescheid geben würde.
»Na, da haben sich ja zwei gefunden«, amüsierte er sich königlich. Denn wie er Ira kannte, würde das Hühnchen ohnehin erst am späten Abend fertig sein, musste sie doch noch die Bilder vom Unfall samt Bericht in der Redaktion abliefern. Da rappelte sein Handy in der Hosentasche.
»Hello«, meldete sich Jim.
»Hallo Jim. Ruf doch bitte bei Peter an und sag' ihm, dass ich ein bisschen später komme. Die Feuerwehr muss erst die Verletzten aus den verbeulten Autos

schneiden, das kann dauern, bis ich meine Bilder im Kasten hab'«, bat Ira.
»Ruf ihn doch selber an«, schlug Jim vor.
»Das hab' ich versucht, aber bei ihm war immer belegt – und jetzt geht mein Akku leer«, jammerte Ira.
»Okay baby, no problem«, versprach Jim, notierte sich flugs Peters Nummer auf einer alten Zeitung und legte auf.
»Wenn das kein Dream-Team ist, weiß ich auch nicht« amüsierte er sich köstlich, als er zurück in die Garage ging.
Er war zuversichtlich, dass es heute schon noch ein creolisches Hühnchen geben würde, allerdings eher als Mitternachtshappen.
Aber auch das wäre typisch für Ira gewesen – und wohl auch für diesen Kommissar, überlegte er sich schmunzelnd.
»Und eigentlich kann er ja kein übler Kerl sein, wenn er alte Autos mag...«

Für Peter –
mein Fels in der Brandung

Anja Jantschik meldete sich 1969 im Kreiskrankenhaus Mutlangen, heute Stauferklinik, erstmals zu Wort.
In Schwäbisch Gmünd widmet sie sich der Sache, die ihr von Kindheit an am Herzen liegt: dem Schreiben.
Seit 14 Jahren ist sie im ganzen Ostalbkreis als freie Journalistin für Lokal- und Wirtschaftszeitungen sowie Kulturzeitschriften unterwegs.
In ihrer Freizeit genießt sie das Landleben in allen Zügen und ist im Schwäbischen Wald fest verwurzelt…